KB169082

마음 말하기 연습

마음 말하기 연습

나와 당신, 세상을 이어주는 소통의 시작

김재원 글

푸르메

목차

언어는 선물입니다.
우리가 그 선물을 얼마나 고마워하며
그 선물의 목적을 어떻게 드러내는지는
우리에게 남겨진 숙제입니다.

처음 1

몇 년 전, TV 드라마 〈내 마음이 들리니〉를 보면서 기가 막힌 제목이라고 생각했습니다. 늘 품고 다니는 질문이기 때문입니다. 직업이 직업인 만큼 내 마음을 들려줄 수 있다면, 저 사람의 마음을 읽을 수 있다면 하는 바람이 늘 제 삶을 사로잡습니다. 들리지 않으면서 입술을 읽고 말을 하는 '차동주' 역의 김재원 씨 연기를 보면서 잘한다 싶으면서도 말도 안 된다고 생각했습니다. 저런 사람은 드라마 속 인물이라고 여겼습니다.

〈아침마당〉에서 만난 김수림 씨를 보면서 제 속단은 부끄러운 물거품이 됐습니다. 그녀는 듣지 못하면서 입술을 읽어 4개 국어를 하며 외국계 회사에 근무하는 여성입니다. 듣지 못하는 그녀가 제 질문에 답하는 것이 신기했습니다. 한국어는 물론 영어 질문도, 짧은 일본어, 스페인어 질문도 너끈히 답했습니다. 들리지 않아도 입술을 읽는 차동주와 김수림처럼 보이지 않아도 마음을 읽는 그런 사람이 되고 싶습니다.

말하지 않고는 마음을 전할 수 없어 말로 표현해봅니다. 그 말이 내 마음을 충분히 전하는 그런 사람이 되고 싶습니다. 마음과 마음이 통한다면 세상은 훨씬 아름다울 것입니다. 마음을 들려준다면, 마음을 읽어준다면 우리 삶은 꽤 괜찮을 것입니다. 시청자를 만나고 청중을 만나고 사람을 만나는 제가 마음을 들려드립니다. 여전히 저는 오늘도 묻습니다.

"내 마음이 들리니?"

처음 2

세상의 거의 모든 기록물은 '저자가 읽은 책'에 '저자의 경험'을 더해 재편집한 것입니다. 대부분의 스피치는 '화자가 들은 말'에 '화자의 삶'을 더해 재구성한 것입니다.

이 책은 '쓰는 것'이 아니라 '말하는 것'입니다. 제가 읽은 책과 제가 본 방송과 제가 들은 강연에서 얻은 지식과 정보가 제 삶의 경험에 얹어져 새롭게 탄생한 것입니다. 어디서 본 듯하고 누군가에게 들은 듯하고 언젠가 생각해본 것 같은 느낌, 당연합니다.

말하기는 그렇습니다. 당신이 읽고 듣고 본 바를 당신의 경험에 더해 재편집하고 재구성하여 새롭게 만든 것이 바로 당신의 말하기입니다. 생각을 표현하기는 쉽지 않습니다. 떠오르는 생각은 곧 사라져버리기 때문입니다. 생각을 바로 시각화하십시오. 머릿속 그림에 저장됩니다. 생각을 바로 청각화하십시오. 머릿속 소리에 담겨집니다.

중요한 스피치나 인터뷰를 앞두고 항상 주제나 그 사람을 생각합니다. 그 이야기와 그 사람과 더불어 생활합니다. 길을 걷다가, 책을 읽다가, 사람을 만나다가, 잠자리에 들다가 필요한 이야기나 알맞은 질문이 떠오르는 것에 스스로 만족합니다.

마포대교 건너 걸어가는 퇴근길. 길을 봅니다. 함민복 시인의 말처럼 길은 오고 가는 자들이 공동창작한 문장입니다. 길을 읽으면 그 길가의 삶들이 보입니다. 내용물이 늘 엎질러져 있는 골목처럼 길은 간신히 발 닿을 곳이 있을 때 더 길답습니다. 재개발이 되면서 이제 골목에서 양치하는 할머니의 모습을 볼 수 없습니다. 화려한 빵집의 네온사인 탑이 들어서는 모양입니다. 길가의 손 편지 문장이 이메일 폰트로 바뀌는 것 같아 애가 탑니다.

삶은 그 자체가 거대한 언어입니다. 한 사람의 삶의 궤적은 많은 이야기를 담고 있습니다. 이제 삶을 펼치십시오. 책장을 넘기면 쏟아져 나오는 살아 숨쉬는 이야기가 아직도 따뜻합니다. 이 따뜻한 이야기가 스마트폰 문자로 바뀌기 전에 얼른 펼쳐야겠습니다.

처음 3

이 책을 쓰면서 당신에게 미안한 생각이 들었습니다. 적지 않은 돈을 내고 이 책을 손에 쥐게 된 당신, 이 책에서 원하는 것을 얻어야 할 텐데. 당신 중심으로 쓰지 않고 제 중심으로 써서 당신이 가져갈 것이 없을까 봐 걱정입니다. 제가 만족스럽지 않더라도 당신이 만족하기를 바랍니다. 제게 도움이 되지 않아도 당신에게 도움 되기를 소원합니다.

지금 어디서 이 책을 읽고 있습니까? 살까 말까 하는 마음으로 서점에서 이 책을 집어든 거라면 눈치가 보여도 더 갑시다. 조금 더 읽어야 이 책의 참맛이 느껴집니다.

누군가에게 선물받아 펼쳤다면 그 사람의 소리를 듣는 마음으로 읽읍시다. 이 글을 쓴 제 마음과 이 책을 선물한 그 사람의 마음은 같습니다.

도서실 한구석에서 이 책을 펼쳐 들었다면 이 책만의 느낌을 느끼십시오. 웬만하면 빌려서 나만의 장소를 찾아가십시오. 이 책은 말하면서 읽는 책입니다.

같은 질문도 상황에 따라 답변이 다릅니다. 물맛이 어떻습니까? 밥 먹기 전에 마시는 물과 등산 후에 마시는 약수, 운동 후에 마시는 생수는 맛이 다르니까요. 아무 맛도 없는 물이지만 목마른 사람에게는 물이 꿀보다 답니다. 갈증이 물을 맛있게 만듭니다.

책 맛이 어떻습니까? 이 책을 읽고 받은 이 질문에 어떻게 답하시겠습니까? 말하기에 대한 갈증이 있는 분에게는 이 책이 꿀맛보다 달콤할 겁니다. 말을 잘하기 위한 계획을 세워보신 적이 있습니까? 지금 한번 해보십시오. 그 첫 단계가 이 책을 읽는 것입니다. 꿈 옆에 날짜와 기한을 적으면 목표가 됩니다. 목표 옆에 일정을 적으면 계획이 됩니다. 계획을 이루어가면 목표가 이루어지고 목표를 이루어가면 꿈이 이루어집니다.

처음 4

더 나은 내일의 소통을 원하는 당신에게,

주변 사람들과 사랑으로 소통하고 싶은 당신에게,

성공을 위한 소통을 원하는 당신에게,

내 감정을 표현하고 싶은 당신에게,

상대방의 마음을 관찰하고 싶은 당신에게,

누군가와 안전한 관계를 형성하고 싶은 당신에게,

재미와 호기심으로 친구를 사귀는 당신에게,

소통하는 리더가 되고 싶은 당신에게,

평화로운 소통을 원하는 당신에게

이 책을 바칩니다.

대화

대화 1

포옹° 지난밤부터 설렌 탓에 잠을 설쳤습니다. 좋아하는 초대 손님이 나오는 날은 어김없이 마음이 설레지만 오늘 같은 날은 없었습니다. 대기실에서 첫인사 장면을 열두 번도 더 생각했습니다. 무슨 말로 인사를 시작할까? 안아주겠다는 말은 언제 하면 좋을까? 분장받는 내내 설렘은 이어졌고 가벼운 인사를 먼저 주고받은 후에 안아주겠다는 말을 해야겠다고 다짐했습니다.

대기실 입구에 둘러선 취재진으로 그의 인기를 실감했습니다. 그의 모습이 보였습니다. 그의 표정은 그를 비춘 간이 조명보다 더 환했습니다. 통역이 진행자임을 소개했습니다. 준비한 인사말을 미처 꺼내기도 전에, 그의 목소리가 들려왔습니다.

"Can I hug(안아도 될까요)?"

팔, 다리 없는 호주 청년 닉 부이지치가 〈아침마당〉에 출연한 날 아침 이야기입니다. 포옹인사로 유명한 그에게 먼저 포옹의 뜻을 밝히려 했던 작은 배려가 그의 첫마디에 무색해지는 순간이었습니다. "Sure, why not(물론이죠)?"이라는 나의 답변에 그는 자신의 몸통을 나의 가슴에 맡겼습니다. 그와의 첫 포옹은 이렇게 대기실에서 시작됐습니다.

방송이 시작되고 그는 내내 환한 미소로 자신의 삶의 이야기를 그림처럼 풀어냈습니다. 아들의 장애를 처음 알게 된 부모님의 반응부터, 자신이 다르다는 것을 처음 깨닫게 된 어린 시절 이야기, 자살을 결심하고 욕조에 잠겨 들었던 아홉 살 때 이야기, 세상을 돌며 희망을 심는 그의 지금 이야기까지. 시종일관 진행자인 나는 물론 방청객, 시청자들의 눈과 귀를 사로잡았습니다. 그와의 인터뷰는 하나의 콘서트였습니다.

방송이 끝나갈 무렵, 저는 한 가지 어려운 부탁이 있다고 말했습니다. 뭐든지 좋다는 그의 답변에 용기를 내서 말했습니다. 수많은 시청자들에게 그의 포옹을 보여주고 싶었습니다.

"Can you give me a hug(나를 안아주실 수 있겠습니까)?"

저는 그를 안아주겠다고 말하는 대신 팔과 다리가 없는 그에게 안아달라는 표현을 사용했습니다. 그가 비록 팔과 다리가 없어도 저를 안아줄 수 있다고 믿었기 때문입니다. 저는 흔쾌히 허락한 그 앞에 몸을 맡겼고, 그는 자신의 몸통을 둘러싼 저의 양팔 위에 어깨를 턱으로 힘을 줘 눌렀습니다. 그와의 두 번째 포옹이었습니다.

방송이 끝나고 그는 방청객 한 사람, 한 사람을 모두 안아주었습니다. 눈물로도 충분히 설명할 수 없는 감동이 이어졌습니다. 그는 제게 시간이 되면 자신의 책 출판 기자회견장에 동행하자고 요청했습니다.

그가 맺은 자신감 넘치는 삶의 열매의 씨앗은 무엇이었을까? 궁금증은 쉽게 사라지지 않았습니다. 동행하는 짧은 시간 휠체어를 뒤에서 밀며 길지 않은 대화를 주고받았습니다. 그는 신약성서 「요한복음」 9장에서 나오는 '태어나면서부터 시각장애인이었던 사람'의 이야기가 자신의 삶을 받아들이는 씨앗이 되었다고 말했습니다. 아울러 열다섯 살 때 읽은 한 장애인의 삶에 관한 신문기사를 통해 자신도 다른 사람에게 희망과 용기를 줄 수 있는 존재라는 것을 깨달았다고 했습니다. 어린 시절 그에게 뿌려진 씨앗은 지금 포옹의 열매가 되어 다른 사람의 삶에 씨앗이 되고 있습니다.

저 또한 저의 이야기가 내 삶을 위한 것이 아니라 누군가의 삶을 풍요롭게 만들기 위한 씨앗이기를 소망해봅니다.

대화 2

행동 ° 1994년 10월 미국 유학시절, 한국에 홀로 계시던 아버지가 중풍으로 쓰러지셨습니다. 결혼 4개월 신혼 유학생이었던 우리는 급히 귀국하여 병원생활을 하게 되었습니다. 그때만 해도 병원생활이 그리 길어질 줄은 몰랐습니다. 반신마비로 거동이 불편하시던 아버지 곁에서 밤낮 없이 간호해야 했던 그 기간은 인생의 큰 전환점이 되었습니다. 아버지가 갓난아기였던 제게 해주셨을 법한 일들이 반복됐습니다. 기저귀를 갈아드리고, 죽을 떠 넣어드리고, 걸음마를 도와드리고, 말을 가르쳐드리고. 불투명한 미래에 앞이 막막했던 젊은이는 텔레비전에 충실할 수밖에 없었습니다.

병원 보조 침대에 누워 무심코 보고 있던 텔레비전에서 헬기 한 대가 스르르 내려오더니 손범수 아나운서가 내렸습니다. 그리고는 KBS 21기 신입사원을 모집한다는 것이 아닙니까? 어린 시절 꿈이 떠올랐습니다. 그러다 "나도 아나운서나 한번 해볼까", 무심코 한마디 흘렸습니다. 옆에 있던 아내는 아무 말이 없었습니다.

다음날 매일같이 장모님이 싸주신 도시락을 배달하던 아내가 세 시간이나 늦게 왔습니다. 아내는 누런 봉투를 내밀었습니다. 여의도에 들러 KBS 입사지원서를 받아온 것입니다. 우여곡절 끝에 고비고비 시험을 치렀고, 결국 아나운서 합격소식에 같은 병실 식구들은 뛸 듯이 기뻐했습니다.

KBS 아나운서로 입사하여 혹독한 연수가 끝나고, 1년 동안 지방에서 근무해야 하는 회사 방침에 따라 춘천으로 발령이 났습니다. 춘천에서 새벽에 출근해 아침방송을 하고 오후에 퇴근하여 서울에 있는 병원에 들렀다가 두 시간 정도 아버지와 함께한 후 다시 막차를 타고 춘천으로 내려가는 일상이 반복되었습니다.

그러던 어느 날, 백혈병으로 고통받는 성덕 바우만의 이야기가 전해졌고, 골수 기증 캠페인이 펼쳐졌습니다. KBS에서는 전국 각 도시를 연결하는 특별생방송을 했고, 저는 춘천 명동에서 중계차를 탔습니다. 처음으로 텔레비전에서 아들의 얼굴을 확인하게 된 아버지와 병실 식구들은 기대 반, 우려 반으로 텔레비전을 시청했습니다.

무사히 방송을 마치고 그날 저녁, 서울에 있는 병실을 찾았을 때, 병실 식구들은 마치 당신의 아들이 방송에 나온 것 이상으로 기뻐했습니다. 모두 칭찬을 아끼지 않았습니다. 다들 대한민국을 대표하는 아나운서가 될 것이라며 신입 아나운서의 미래를 축복해주었습니다. 말씀을 못 하시던 아버지도 대견한 아들을 눈물로 격려해주셨습니다.

칭찬과 흥분이 다소 가라앉을 무렵. 병실 창가 쪽 침대에 있던 한 중년 환자가 저를 불렀습니다. 사고로 두 다리를 잃고 의족을 한 후 재활훈련을 하고 있던 분이었습니다.

"그래, 수고했소. 화면을 잘 받더군, 말솜씨도 수려하고. 잘했소. 그런데 그래, 골수 기증은 했소?"

"네? 아! …… 골수 기증이오? 아, 아니오."

"아, 그래. 아마 여유가 없었던 모양이군. 그러면 혹시 헌혈은 했소?"

"아, 네. 그게 좀……, 제가 미처 생각을 못했네요."

"아, 그랬군. 난 그냥 하도 골수 기증하라고 말을 잘하기에 당연히 했거니 싶어 물어본 거지. 신경 쓰지 마시오."

다소 들떠 있던 저는 망치로 머리를 한 대 맞은 것처럼 큰 충격을 받았습니다. 이 땅에 고통받는 수많은 백혈병 환자들을 위해 골수 기증을 하라고 외쳤던 저는 부끄럽게도 알맹이 없는 빈말을 하고 있었습니다. 행함 없는 믿음보다 무섭고 초라한 행동 없는 설득. 나의 자신감 넘치는 외침은 허공의 메아리처럼 의미 없이 울리고 그저 그렇게 사라져버렸습니다.

병실을 나와 춘천으로 가는 마지막 기차에서 저는 앞으로 평생 잡게 될 마이크에 대해 많은 생각을 했습니다. 그 생각은 나의 방송 인생을 받쳐주는 든든한 버팀목이 되었습니다. 불과 입사 몇 개월 만에 이런 경험을 한 것이 그렇게 고마울 수 없었습니다.

요즘도 저는 일 년에 몇 차례 헌혈을 합니다. 물론 골수 기증 신청도 했습니다. 어려운 이웃을 돕기 위한 특별 생방송을 할 때는 하다못해 만 원짜리 한 장이라도 모금함에 넣습니다. 〈아침마당〉에 좋은 일 하시는 분들이 출연하시면 얇은 봉투를 건네기도 합니다. 저의 말이 빈 말이 아닌 씨앗이 되기를 바라는 마음에서입니다. 매일 〈아침마당〉을 통해 만나는 사람들. 그들이 내 몇 마디 말 속에서 꽉 찬 알맹이를 느끼고 무엇인가를 가져갈 수 있기를 기도합니다.

대화 3

습관° 아버지의 역할이 중요하다는 생각에 아들과의 대화를 결심했습니다. 공부하는 아들 책상 앞에 앉았습니다. 막상 대화를 하려니 떨리기까지 했습니다.

"그래, 공부하는구나."

하지만 바로 말문이 막혔습니다.

"왜요? 아빠?"

의아해하는 아들 앞에서 망설이다가 결국 입을 열었습니다.

"너 요새 몇 등하냐?"

대화도 연습이 필요합니다. 세월이 쌓여야 합니다. 습관이 되어야 합니다. 연습과 세월없이 습관이 안 된 대화는 결국 상대의 약점을 건드리게 됩니다.

대화 4

씨앗 ° 1995년 2월 신입사원 연수가 끝났습니다. 한 달 집체훈련의 피로가 몰려왔습니다. 스물아홉 살 신입사원의 가슴 벅찬 인생의 새로운 첫걸음은 이렇게 시작됐습니다.

마지막 간담회 자리. 지글거리는 삼겹살 앞으로 술잔이 돌았습니다. 앞자리에는 황송하게도 연수원장님이 앉아 계셨습니다. 입사식 이후 연수현장 곳곳에서 어렵지 않게 만날 수 있었던 분입니다. 어디선가 늘 지켜보고 계시다는 느낌이었습니다. 그분의 술잔이 제게도 왔습니다.

"자, 자네도 한 잔 받지. 술은 못한다고 했지? 그냥 받아만 두게."

"아, 네. 감사합니다."

술 못하는 것을 어떻게 알았을까 의아했습니다. 연수원장님의 축배 제의로 분위기는 후끈 달아올랐습니다.

"많이 들게나. 한 달 동안 고생 많았네."

"아, 네. 연수원장님 애쓰셨습니다. 많이 드십시오."

"자네는 뭘 하고 싶나?"

"뉴스를 했으면 좋겠습니다."

"음, 뉴스도 좋은데, 자네는 말이야. 교양 MC를 하면 잘할 것 같아. 송지헌 아나운서를 역할 모델로 삼게나. 그 선배가 하는 걸 눈여겨보라고. 내 눈이 비교적 정확하네. 김재원, 자네는 교양 MC를 잘할 수 있어."

그분이 불러준 이름과 그분의 말 한마디는 그 이후로 줄곧 제 마음 밭에 뿌려진 씨앗으로 새싹이 되고 든든한 나무줄기로 자라났습니다. ✎

대화 5

언어는 나무° 누군가에게 겨자씨를 선물로 받은 적이 있습니다. 책갈피에 좁쌀 크기의 겨자씨가 붙어 있었습니다. 겨자씨는 모든 씨앗들 가운데 가장 작은 씨앗입니다. 하지만 자라면 모든 풀보다 더 커져서 나무가 됩니다. 그래서 공중에 나는 새들이 와서 그 가지에 깃들게 됩니다. 작은 씨앗이 겨자씨뿐이겠습니까? 마음속 작은 언어의 씨앗도 잘 자라서 새들이 깃드는 나무가 됐으면 좋겠습니다.

예로부터 말이 씨가 된다고 했습니다. 고등학교 시절 하굣길에 소방차가 지나가는 것을 보았습니다. 같이 가던 친구가 "혹시 우리 집에 불난 것 아닐까?" 하고 농담 반 진담 반으로 말했습니다. 제가 "야, 그러지 마. 말이 씨 된다"고 답했습니다. 불이 난 곳은 정말로 그 친구 집이었습니다. 굳이 따지자면 그 말이 씨가 되기 전에 이미 불이 나 있었지만 저는 섬뜩했습니다. 불난 그 친구 집 앞에서 서성였지만 할 말이 없었습니다. 정말 말이 씨가 되는 것 같았습니다.

말이 씨가 된다면 참 무서운 일입니다. 그동안 제가 해온 말들이 씨가 된다면, 제가 한 말들이 다 나무가 되어 있다면 이런 끔찍한 일이 어디 있겠습니까? 제가 싫어한 사람들, 미워한 사람들, 알게 모르게 한 험담과 저주의 말들이 세상 어딘가에 나무로 남아 있다면 그 나무는 얼마나 보기 흉한 모습이겠습니까? 생각만 해도 섬뜩합니다. 물론 새가 날아드는 괜찮은 나무도 몇 그루 있겠지만 전반적으로 제가 만들어낸 숲은 흉측하기 그지없을 겁니다.

말은 나무입니다. 내 안에 흐르는 생각을 말하고 듣고 다시 생각하는 내 머릿속 언어는 나무입니다. 그 나무는 뿌리도 있고 밑동도 있습니다. 줄기도 있고 가지도 있고 무성한 잎도 있습니다. 때로는 꽃이 피고 때가 되면 열매도 맺습니다. 생각이 말이 되어, 말이 씨가 되고, 그 씨가 나무가 되는 것입니다. 나무들이 모여 또 숲을 이룹니다.

언어는 인격의 됨됨이에서 나옵니다. 인격은 사람의 근본에서 나옵니다. 말나무의 뿌리는 사람의 인격이고 말나무의 줄기는 사람의 언행입니다. 말나무의 가지는 그 사람의 관계이고 말나무의 잎은 그 사람의 영향력입니다. 말나무의 꽃은 그 사람이 만든 아름다움이고 말나무의 열매는 그 사람이 남긴 삶의 흔적입니다. 정말 말이 씨가 된다면, 정말 말이 나무라면, 저는 이제부터 아무 말도 할 수 없습니다.

사람은 그 입에서 나오는 것으로 만족하고 그 입술에서 거두는 것으로 배부르게 됩니다. 구약성서 「잠언」의 한 구절입니다. 맞는 이야기입니다만 단순히 그 반대도 생각할 수 있습니다. 사람은 그 입에서 나오는 것으로 인해 어려움을 겪게 되고 그 입술에서 거두는 것이 없어 굶게 된다는 것입니다. 동전의 양면입니다. 한편은 행복하고 한편은 무서운 이야기입니다. 내가 어떻게 하느냐에 달려 있습니다.

대화 6

말나무 °　　캐나다 동부의 한 대학에는 실내에 열대 식물이 자라고 있습니다. 건물 벽면을 열대우림 절벽으로 만들었습니다. 코코넛 껍질로 만든 인조 토양으로 벽을 만들고 열대에서 자라는 작은 나무와 식물들을 키우고 있습니다. 그 효과는 굳이 설명이 필요 없습니다. 아름다운 실내조경, 공기 정화, 냉난방비 절감 효과까지 가져옵니다. 열대 식물들이 산소를 내뿜고 나쁜 공기를 흡입합니다. 더할 나위 없이 부러운 일입니다. 우리는 그만큼 나무를 필요로 합니다.

오염된 현대 사회는 갖가지 묘안을 짜내 공기를 정화시키려고 합니다. 마찬가지로 요즘 언어숲도 오염되어 있습니다. 숲을 이루는 나무들이 산소를 내뿜는 것이 아니라 이산화탄소를 내뿜고 있기 때문입니다. 우리의 말은 나무의 말이어야 합니다. 산소를 내뿜어 언어숲의 공기를 정화시켜야 합니다. 저도 나무가 되어 세상의 공기를 바꾸고 싶습니다. 실내에 열대우림 절벽을 만드는 것처럼 일부러라도 우리 모두 말나무가 되어 우리가 사는 세상에 아름다운 숲, 깨끗한 공기를 만들어야 합니다. 지금 상황이 심각하기 때문입니다.

전통시장 취재차 미국 동부의 버몬트 주를 방문했을 때 단풍이 한창이었습니다. 세계적으로 단풍숲이 유명한 곳이라 유심히 봤습니다. 캐나다 생활 이후 단풍이 좋아졌거든요. 그런데 그 단풍숲에는 특별한 것이 없었습니다. 그저 평범한 단풍나무들이 많이 있었을 뿐입니다. 저마다 자기 몫을 하는 단풍나무들이 서로 어우러져 숲을 이루다 보니 세계적인 단풍숲이 된 것입니다.

우리의 말나무도 저마다 자기 몫을 하며 함께 모여 있으면 괜찮은 언어숲이 됩니다. 아름다운 절경과 좋은 공기가 풍부한 그런 숲 말입니다. 이제 저도 나무가 되어야겠습니다. 당신도 제 곁에서 나무가 되어주십시오. 저는 나무가 된다면 가죽나무가 되고 싶습니다. 평소 제일 좋아하는 시, 도종환 시인의 〈가죽나무〉를 옮겨 적으며 저의 말나무 소망을 갈음합니다.

가죽나무

나는 내가 부족한 나무라는 것을 안다.

어떤 가지는 구부러졌고
어떤 줄기는 비비꼬여 있다는 걸 안다.

그래서 대들보로 쓰일 수도 없고
좋은 재목이 될 수 없다는 걸 안다.

다만 보잘 것 없는 꽃이 피어도
그 꽃 보며 기뻐하는 사람이 있으면 나도 기쁘고
내 그늘에 날개를 쉬러 오는 새 한 마리 있으면
편안한 자리를 내어주는 것만으로도 족하다.

내게 너무 많은 걸 요구하는 사람에게
그들의 요구를 다 채워줄 수 없어
기대에 못 미치는 나무라고
돌아서서 비웃는 소리 들려도 조용히 웃는다.
이 숲의 다른 나무들에 비해 볼품이 없는 나무라는 걸
내가 오래 전부터 알고 있기 때문이다.

하늘 한 가운데를 두 팔로 헤치며
우렁차게 가지를 뻗는 나무들과 다른 게 있다면
내가 본래 부족한 나무라는 걸 안다는 것뿐이다.

그러나 누군가 내 몸의 가지 하나라도
필요로 하는 이 있으면 기꺼이 팔 한 짝을
잘라줄 마음 자세는 언제나 가지고 산다.

나는 그저 가죽나무일 뿐이기 때문이다.

대화 7

생각의 강물 ° 오래 전부터 마흔이 되고 싶었습니다. 마흔이 넘으면 실수도 현저하게 줄어들고 할 수 있는 것도 많아지는 줄 알았습니다. 막상 마흔을 넘고 보니 실수가 더 많아졌습니다. 오히려 할 수 있는 것은 절반으로 줄었습니다. 마흔 중반이 되어도 더 심해질 뿐입니다. 그래도 다행인 것은 실수나 실패에 연연하여 끙끙대는 시간이 짧아졌다는 것입니다. 이제 그냥 흘려보낼 수 있습니다. 실수는 많아지고 능력은 줄어들어도 태연할 수 있는 것, 바로 생각이 유연해졌기 때문입니다. 그런데 이제 곧 쉰입니다. 그래서 더 좋습니다.

생각은 강물입니다. 생각은 흐릅니다. 어린 시절 생각이 다르고 청년 시절 생각이 다릅니다. 어른의 생각이 다른 것은 말할 것도 없습니다. 어린 시절 만화책에 목숨 걸고 살던 그 시절, 만화를 좋아하시던 친구 아빠를 보면서 어른이 되어도 분명히 만화책을 좋아할 것이라고 생각했습니다. 방안 가득 만화책을 사들여 아들과 사이좋게 보겠다고 꿈을 꿨습니다. 하지만 언제부턴가 만화책이 별로가 됐습니다. 짜장면도 시들해지고 햄버거도 먹으면 배만 더부룩합니다. 환경과 상황을 따라 생각이 흐릅니다. 하염없이 흐르는 생각을 무엇으로 잡을 수 있을까요?

말나무는 생각의 강가에서 자랍니다. 말나무는 언어의 숲 사이사이를 흐르는 생각의 강물에서 수분을 빨아들입니다. 생각의 강물을 머금은 나무가 말열매를 쏟아냅니다. 생각의 강에 물이 마르지 않아야 말나무가 쑥쑥 자랍니다. 생각의 강물에 영양분이 많아야 말나무의 열매가 튼실해집니다.

어느 드라마 대사로 기억합니다. 인간은 패배감 때문에 술을 마시지만 술을 마셔서 더 패배감을 느끼게 된다고 합니다. 언어도 비슷합니다. 우리의 어리석은 사고가 언어를 단정하지 못하고 부정확하게 만들지만, 언어가 단정하지 못하면 우리는 어리석은 생각을 하게 됩니다. 조지 오웰이 『정치와 영어』에서 한 말입니다. 바꿔 말하면 지혜로운 생각이 단정한 언어를 낳고, 이 단정한 언어가 지혜를 부른다는 이야기입니다. 우리가 생각의 강물을 깨끗하게 유지해야 하는 이유입니다.

생각의 강물은 언어의 숲으로부터 영향을 받습니다. 언어의 숲에서 나온 찌꺼기가 생각의 물을 오염시키기도 합니다. 깨끗한 숲에 있는 강물은 맑은 물을 흘려보냅니다. 생각의 강물, 아무리 추워도 얼지 않았으면 좋겠습니다. 아무리 가물어도 마르지 않았으면 좋겠습니다. 아무리 사람들이 많이 놀러 와도 오염되지 않았으면 좋겠습니다. 생각의 강물은 계속 흘렀으면 좋겠습니다. 그래서 말나무가 무성한 가지에 푸르렀으면 좋겠습니다.

대화 8

언어력은 국력 ° 어린 시절, '체력은 국력'이라는 광고 문구가 있었습니다. 전투력으로도 국력을 평가할 수 있지만 요즘은 외교력이 더 대접받습니다. 외교력의 근간은 언어적 기술입니다. 말 한문장, 단어 한마디가 나라의 지위와 자존심을 지키기도 하고 실추시키기도 합니다. 체력이 국력이라는 이야기가 개인의 건강이 나라의 힘이 된다는 전제하에 저는 '언어력이 국력'이라는 이야기를 하고 싶습니다. 국민들 사이에 언어를 통해 올바른 관계가 정립될 때 나라에 평화가 온다는 이야기를 하고 싶습니다.

정신과 전문의 이시형 박사는 언어력을 생각하는 힘, 느끼는 힘, 상상력과 표현력 등 인간이 가진 정신적 능력의 총집합이라고 표현했습니다. 공부를 비롯한 지적 활동과 면접시험이나 고객상담 같은 관계적 활동에 언어력이 필요하며 창조력의 원천 역시 언어력입니다.

이번에는 체력의 사전적 의미를 보겠습니다. 육체적 활동을 할 수 있는 몸의 힘으로 인간의 생활을 더 윤택하게 하는 데 근원이 되는 것으로 정의하고 있습니다. 저는 언어력을 관계적 삶을 원활하게 만들어주는 언어적 역량이라고 정의하고 싶습니다.

언어력은 사람 사이의 관계를 이어주는 교량입니다. 언어력이 고갈되면 대화에 문제가 생기고 관계에 금이 갑니다. 언어력이 충만하면 대화가 즐겁고 인간관계에 자신감이 넘칩니다. 좋은 언어 에너지를 발산하면 사람이 모이고 리더십이 발휘됩니다. 육체 건강을 위해 운동이 필요하듯 언어건강을 위해서도 운동이 필요합니다. 운동을 통해 군살이 빠지고 몸매가 좋아져 건강해지듯이 언어력 신장운동을 통해 대화가 부드러워지고 관계에 윤기가 흐르게 됩니다. 언어력 신장운동은 바람직한 언어습관을 자연스럽게 몸에 익숙하게 하여 원만한 관계를 형성합니다.

체력과 언어력을 비교하겠습니다. 체력은 기초체력을 근간으로 신체 운동능력과 응용 운동능력으로 구분됩니다. 신체 운동능력에는 유연성과 심폐기능, 근력이 요구되며 응용 운동능력은 경기 운영능력을 말합니다. 언어력도 마찬가집니다. 기초체력은 지식 정보력, 유연성은 대화환경 적응력, 심폐기능은 분위기 조절능력, 근력은 올바른 표현력, 경기 운영능력은 상황 인지능력으로 바꾸어 말할 수 있습니다. 이러한 능력을 키우는 운동이 언어력 신장운동입니다.

언어력은 내 안의 언어를 아름답게 만들어 바깥의 언어로 흘려보내는 과정입니다. 말나무가 생각의 강물에서 흡수한 양분을 잘 빨아들여 언어숲에 산소를 내뿜는 힘입니다. 말나무가 좋은 공기를 만들어 내보낼 때 언어숲은 살기 좋은 곳이 될 것입니다.

대화 9

지식 정보력 ° 먼 바다를 다니던 옛날 배들은 짐을 주로 배의 바닥, 선복船腹에 싣고 다녔습니다. 짐이 많지 않을 경우에는 모래나 자갈로 선복을 채웠을 정도입니다. 배의 균형을 유지하고 바람이나 파도에 쏠리지 않도록 하기 위함이었습니다.

축구 경기를 볼 때마다 박지성 선수의 지치지 않는 체력을 늘 부러워합니다. 처음에 많은 동료들이 박지성 선수를 저평가된 선수라고 말했던 것은 그의 지칠 줄 모르는 체력을 옆에서 함께 뛰는 선수들이 가장 잘 알고 있었기 때문이 아니었을까요? 박지성 선수의 체력은 그의 축구항해의 바닥짐입니다. 방송을 하다 보면 바닥짐이 부럽습니다. 체력도 중요하지만 지식정보력은 방송인의 바닥짐입니다. 텔레비전은 그림에 의존하고 여러 사람이 함께하지만 라디오는 소리만으로 혼자 방송하는 경우가 많습니다. 진행자의 바닥짐은 그럴 때 드러납니다. 솔직한 매체인 라디오는 진행자의 속을 다 드러냅니다. 방송인들은 갖고 있는 것을 쏟아내는 직업이다 보니 아울러 부지런히 채워줘야 합니다.

언어력에서 기초체력에 해당하는 것이 바로 지식 정보력입니다. 필요한 에너지는 많은데 에너지를 충전할 곳이 없다면 큰 문제입니다. 방송뿐만 아니라 일상에서도 마찬가지입니다. 지식과 정보가 방전되면 지식 탈진증후군을 앓게 됩니다. 정보 고갈의 신호는 여러 형태로 나타납니다. 일단 대화에서 소외됩니다. 적당한 시기에 기회가 와도 말문이 막힙니다. 그러다 보니 했던 말을 또 하게 됩니다. 지식 탈진증후군에 자주 노출되는 사람들은 지식 없이 언어적 재능으로 상황을 모면하려는 사람입니다. 과시욕구로 잘난 척하여 자신의 지식 정보를 낭비하는 사람입니다. 기초체력을 갖기 위해서는 부지런히 운동을 하고 적절한 식사를 해야 합니다. 마찬가지로 지식 정보력을 유지하기 위해서도 지식과 정보를 효과적으로 표현하는 운동과 함께 적절한 식사가 이루어져야 합니다. 바로 책이 밥입니다.

오래 전 〈느낌표〉라는 공익적 예능프로그램이 있었습니다. 그 가운데 '책, 책, 책, 책을 읽읍시다'라는 독서 권장 캠페인이 있었습니다. 개그맨 유재석 씨가 시민들을 만나 책에 관한 이야기를 나누기도 했습니다. 꽤 오랜 시간이 지난 지금까지도 기억에 선명한 인터뷰가 있습니다. 책을 좋아하는 초등학교 5

학년 정도 되는 남학생의 이야기입니다. 책을 왜 읽느냐는 유재석 씨의 질문에 이렇게 답했습니다.

"우리가 밥을 먹을 때 밥이 어디로 가는지 모릅니다. 밥이 어떤 영양소가 되어 어떤 장기에 영향을 미치고 나물이 어떤 도움을 주는지 고기가 어떻게 내 건강을 유지하는지 모릅니다. 밥을 맛있게 먹고 나면 우리는 잊어버립니다. 하지만 우리가 먹은 밥은 우리의 건강한 육체를 지켜줍니다. 책도 마찬가지입니다. 우리가 읽는 책의 구절구절이 우리에게 어떤 도움을 주는지 알지 못합니다. 책을 읽고 나면 바로 잊어버리기도 합니다. 하지만 그 책은 우리 인생의 영양소가 되어 우리 삶을 윤택하게 만들어줍니다."

당시 이 학생의 이야기를 듣고 눈물이 날 정도로 뭉클하고 또 부끄러웠습니다. 책이 얼마나 소중한지 저 어린 아이도 아는데 나는 뭔가 싶었습니다. 지금 그 학생이 어디서 무엇을 하고 있을지 궁금합니다. 그렇습니다. 책은 밥입니다.

프랑스의 소설가 미셸 투르니에는 '독서를 기적'이라고 말합니다. "나는 기호들이 까맣게 적힌 종이뭉치 하나를 건네받는다. 나는 그 종이들을 들여다본다. 그런데 기막힌 일들이 일어난 것이다." 그렇습니다. 책은 기적을 일으킵니다. 우리 삶을 풍요롭게 하고 우리 삶을 역사로 만듭니다. 물론 밥만 먹어서는 큰 의미가 없습니다. 운동이 부족하면 영양과잉이 나타납니다. 읽은 책은 생각하고 소화해서 표현해야 합니다. 올바른 언어로 표현될 때 그 지식은 또 다른 운동력으로 새로운 영향력을 갖습니다.

농작물은 거름을 주어야 잘 자랍니다. 우리 인생도 책을 통해 지식 정보력을 쌓아야 합니다. 거름은 금비와 퇴비가 있습니다. 금비는 돈을 주고 사서 쓰는 일종의 화학비료를 말합니다. 퇴비는 두엄이라 하는 천연거름입니다. '쇠똥 세 바가지가 쌀 세 가마' '풀 짐이 무거워야 풍년이 든다' '풀 한 짐이 쌀 한 섬이다' 등은 금비보다 퇴비가 중요함을 알리는 속담들입니다. 밥 한 공기는 공으로 주어도 퇴비 한 소쿠리는 안 줄 만큼 농군들은 퇴비를 소중히 여겨왔습니다.

책은 퇴비입니다. 우리 인생의 토양에도 퇴비를 많이 주어야 합니다. 금비를 주어 작은 꽃을 잠깐 보고 말 것인지 퇴비를 주어 땅심을 좋게 하고 튼실한 열매를 기다릴 것인지 상황에 맞는 선택을 해야 합니다. 지식 정보력은 우리 언어인생의 기초 체력입니다.

대화 10

대화환경 적응력° 2009년 시트콤 〈지붕 뚫고 하이킥〉에는 윤시윤이 연기한 준혁 학생이 나옵니다. 그는 상황에 따라 말본새가 달라집니다. 만만한 과외선생 정음 앞에서는 터프하고 버릇없는 고등학생으로 말하고, 은근히 마음을 빼앗긴 세경 앞에서는 세상없이 착한 주인집 아들로 말합니다. 물론 자신의 마음상태가 반영된 면도 있지만 상대방의 말본새에 맞춰서 말을 합니다. 준혁 학생의 언어 변신은 쏠쏠한 재미였습니다.

유연성이란 긴장과 이완 상태를 마음대로 오고 갈 수 있는 능력을 말합니다. 우리 몸을 말랑말랑하게 만들어 몸의 동작을 상황에 맞출 수 있게끔 합니다. 언어력의 유연성은 대화환경 적응력입니다. 상황에 맞게 자신의 언어적 태도와 표현, 말본새를 스스로 변화시키는 능력입니다. 한결같은 자세로 모든 상황에 임하는 것도 멋진 일입니다만, 대화를 부드럽게 이어가기 위해서는 상황에 따른 조절도 필요합니다. 말 많은 사람을 상대할 때는 말을 적게 할 수 있고, 말수 적은 사람에게는 말을 많이 합니다. 리더형의 사람은 수동적으로 대하고, 소극적인 사람들과는 능동적으로 대화합니다. 일종의 연애의 기술입니다. 사랑하는 사람의 상황에 맞추는 전략입니다. 이는 충돌과 갈등을 예방합니다. 말 많은 사람끼리 대화하면 소모전이 되고 말수 적은 사람들끼리는 지루해집니다. 주도형의 사람들이 부딪히면 다툼이 납니다. 적절하게 상대방 분위기와 유형에 맞게 자신을 변형하고 조절하는 능력이 바로 대화환경 적응력입니다.

보통 유연성이 부족한 사람들은 완벽주의 성향이나 강한 고정관념을 가진 사람들 혹은 단정적인 언어습관을 가진 사람들입니다. 말이 많은 사람이나 감정 표현을 절제하지 못하는 사람, 고정관념에 매여 융통성이 없는 사람들이 문제를 일으키지만 지나치게 소극적이거나 말수 없고 수동적이고 타인 의존적인 경우도 대화에서는 바람직한 관계를 형성하기 힘듭니다. 하지만 언어력을 가진 사람, 대화환경 적응력이 높은 사람들이 다양한 대화의 틀을 가지고 상대방의 성향을 파악하여 마음을 이완시켜 언어 이완을 유도한다면 훨씬 부드럽고 원만한 관계가 형성됩니다. 심리학자 카를 구스타프 융은 세상에 비치는 사람들의 겉모습을 가면을 의미하는 페르소나로 명명하고 있습니다. 아울러 많은 정신의학자들은 이러한 페르소나를 여러 개 만들 것을 권유하고 있습니다. 상황과 환경과 상대방에 따른 적절한 페르소나를 연출하여 그 상황을 바람직한 관계로 형성하자는 뜻입니다.

요즘 외동인 아이들이 많아지고 있습니다. 저도 그 시대에는 흔치 않은 외동아들로 자랐습니다. 가장 많이 들은 말이 '혼자 자라서 그래'입니다. 무언가 부정적인 상황이 연출되면 어김없이 그런 말을 듣습니다. 다른 요인의 영향력이 더 크게 작용하는 상황에서도 늘 그런 말로 마무리합니다. 혼자 자라서 대인관계 능력이 현저하게 떨어진다는 뜻이 포함되어 있겠지요. 동의하지 않는 것 같다고요? 제 이야기 좀 들어보시죠.

여러 형제 사이에 자란 사람들이 아무래도 대인관계 능력이 훨씬 뛰어날 것입니다. 모든 이론에는 동전의 양면이 있습니다. 형제의 상호작용은 대인관계 대처 능력을 상대적으로 향상시키지만 고정된 입장에서 관계를 진행시켜 걸림돌이 되기도 합니다. 장남은 모든 관계를 장남의 입장으로만 해석하려 하고 막내는 막내의 입장에서 모든 상황을 바라봅니다. 중간에 낀 사람들은 피해의식에 사로잡힌 경우가 많습니다. 외동아들에게 '혼자 자라서 그래'가 적용되듯 그들에게도 '장남이어서 그래' '막내여서 그래'가 적용됩니다. 요즘 세상은 관계적 융통성을 가지고 모든 조직에서 서로 다른 역할에 맞게 변신하는 '올라운드 플레이어All- round player'가 필요한 것입니다. 그래서 대화환경 적응력이 필요합니다.

대화환경 적응력, 즉 유연성을 키우기 위해서는 상대방을 자신의 마음의 거울로 비추려는 자세가 필요합니다. 추상적으로 들리지만 단순히 내 입장을 일방적으로 표현하기보다 상대방의 모습이 내 마음에 투영되고 있음을 느끼게 하는 노력이 필요합니다. 그러기 위해서는 상대방의 마음에 자리를 잡아야 합니다. 마음과 마음의 소통을 전제로 상대방의 세계로 들어가 그 사람의 감정을 이해하려는 노력입니다. 마음의 이완을 가져올 때 언어의 이완이 일어나고 관계의 긴장이 풀립니다.

사람 만나 그냥 이야기하면 됐지 뭐가 이리 복잡하냐고 말씀하시는 분도 계실 것입니다. 우리 세상은 복잡성이 높을수록 건강한 상태라고 합니다. 산이나 숲이 콘크리트 건물보다 복잡하지만 건강합니다. 골목길이 아파트보다 복잡하지만 건강합니다. 만물의 영장인 사람을 만나는 작업에서 이 정도 노력은 필요합니다. 생각의 다변화를 통해 상대방의 다양성을 인정하는 것이 바로 대화환경 적응력, 관계 유연성의 기본입니다.

대화 11

분위기 조절능력° 아들아이가 중학교 다닐 때는 가끔 공부를 봐줬습니다. 오랜 전에 배운 것이고 요즘 학업수준이 높아져서 오히려 제가 배웠습니다. 학창시절 그렇게 힘들게 배웠던 과학은 재미도 있고 어렴풋한 상식을 정리할 수 있어 좋았습니다. 더욱이 자연의 이치 속에 일상의 진리가 숨어 있는 경우가 참 많습니다.

시험 준비를 돕다 인체 기능에 대해 공부했습니다. 심폐기능이 마음에 들었습니다. 숨을 쉴 때 들이마시는 신선한 산소를 심장과 폐에 공급하면 그 산소를 적혈구에 실어 혈관을 통해 온몸으로 배달하는 과정에서 노폐물과 이산화탄소가 다시 정맥으로 보내져 걸러집니다. 언어력에서 이런 심폐기능의 역할을 하는 것이 바로 분위기 조절능력입니다. 대화에 긍정적인 요소를 불어넣어주고 부정적인 요소를 걸러주는 능력입니다.

일대일 혹은 다중대화에서 대화소재와 분위기는 원만한 관계형성에 중요합니다. 개인적인 관찰실험을 했습니다. 일주일 동안 주변의 대화내용을 분석했습니다. 공식적인 회의, 식사모임, 비공식적인 짧은 대화 등의 소재와 흐름을 분석해 보니 전체 대화의 70퍼센트 이상이 부정적인 대화였습니다. 대화의 흐름도 부정적인 상황으로 흘러가면 웬만해서는 긍정적인 상황으로 돌아오지 않았습니다. 주된 대화내용은 정치 비판, 조직의 문제점, 인물 평가가 주를 이루었고 긍정으로 시작해도 부정으로 마무리되는 경우가 많았습니다. 내내 부정적인 이야기만 하다가 마무리되는 경우도 다반사였습니다.

구성원의 대화흐름에서 노폐물을 걸러내고 산소를 공급하는 장치가 필요합니다. 의도적으로 웃음, 유머, 칭찬, 격려, 감사, 반응 등의 긍정 요소를 유입하고 분노, 불안, 걱정, 거짓, 험담, 비난, 비판 등의 부정 요소를 걸러내는 역할을 할 사람이 필요합니다. 부정적인 대화흐름에서는 원만한 관계형성과 올바른 의사결정이 어렵습니다. 호주 뉴사우스웨일스 대학 연구팀의 연구결과가 있습니다. 영화와 회상을 통해 실험대상을 기쁜 감정이 형성된 집단과 슬픈 감정이 형성된 집단으로 나누었습니다. 동일한 사안에 대해 기쁜 감정이 형성된 집단은 긍정적인 평가를 내렸고, 슬픈 감정이 형성된 집단은 부정적인 평가를 내렸습니다. 대화상대방의 기분이 화자에 대한 평가를 좌지우지한다는 이야기도 가능합니다.

물론 대화 중에 누군가 다른 사람을 비판한다고 해서 정색을 하며 그 사람을 말리는 것은 바람직한 대화법이 아닙니다. 어느 정도 이야기를 들으며 침묵으로 동조 신호를 보내는 듯 보이다가 슬쩍 주제를 바꾸거나 그 사람에 대한 비난을 중화시키는 이야기를 꺼내보십시오. 그리고 효과가 있으면 넌지시 그 사람에 대한 작은 칭찬을 시도하십시오. 대화의 흐름이 바뀝니다. 험담은 재미있고 달콤합니다. 누구도 그 유혹을 쉽게 떨쳐버릴 수 없습니다. 특히 부정적인 소문은 긍정적인 소문보다 전달 속도가 빠릅니다. 특정인에 대한 부정적인 소문은 듣는 사람 모두 의심 없이 듣습니다. 그리고 곧바로 누군가에게 전달할 가능성이 높습니다. 하지만 칭찬 같은 긍정적인 소문은 진위 여부를 의심하는 정도가 부정적인 소문보다 높습니다. 그리고 전달 속도도 느립니다. 사람의 심리인 모양입니다.

에스키모인들은 늑대를 사냥할 때 얼음 속에 있는 날카로운 칼에 피를 묻혀서 꽂아 놓습니다. 피 냄새를 맡은 늑대들은 얼음칼을 핥기 시작합니다. 피 맛이 달콤하기 때문입니다. 핥고 또 핥다 보면 얼음이 녹고 칼은 날카로운 칼날을 드러냅니다. 그 칼날에 늑대의 혀가 베어 피를 내고 그 늑대는 얼음으로 둔감해진 혀로 계속 자신의 피를 핥아 먹느라 자리를 떠날 줄 모릅니다. 자신의 멸망이 기다리고 있는 것도 모른 채 말입니다.

험담의 달콤함이 그렇습니다. 자신의 혀가 둔해지는지도 모른 채, 그래서 자신의 혀에서 피가 흐르는지도 모른 채 다른 사람의 험담을 늘어놓다 보면 결국은 그 피해가 자신에게 돌아오게 됩니다.

실내에도 환기가 필요하듯 대화에도 환기가 필요합니다. 모두 닫힌 마음으로 나누는 대화 속에서 나 자신만이라도 창문을 활짝 열어보면 상황이 달라집니다. 나만 뒤처진다는 걱정이나 나만 손해 본다는 생각은 하지 않아도 됩니다. 활짝 열린 나의 창문으로 그들은 신선한 공기를 맛보게 됩니다. 내 창문을 활짝 열 수 없다면 콘센트라도 꽂아 성능 좋은 공기청정기라도 되어보면 어떻겠습니까? 사람들이 저절로 당신을 좋아하게 될 것입니다.

대화 12

올바른 표현력 ° 건강 관련 강사들이 강조하는 것 중의 하나가 바로 근력운동입니다. 나이가 들수록 하체근력의 중요성은 높아집니다. 근력은 모든 운동의 원동력이며 재활치료와 노후 건강 유지의 필수요소입니다. 한때 초콜릿 복근이 남성의 상징으로 붐처럼 일어났었습니다. 배에 선명하게 새겨진 초콜릿 근육은 남성들의 꿈입니다. 근력은 겉으로 나타나는 외관상의 매력인 동시에 모든 운동기능의 원동력이 됩니다.

언어력에서 근력에 해당하는 것이 올바른 표현력입니다. 언어 표현이 바르고 정확하면 내용에 관계없이 호감을 갖고 듣게 됩니다. 예쁘게 잘 꾸며진 포장과 같습니다. 아울러 내적으로 습득한 올바른 표현력은 모든 언어표현의 원동력입니다.

올바른 표현력은 세 가지로 나눕니다. 정확한 발음과 올바른 어휘 표현, 그리고 적합한 목소리입니다. 정확한 발음은 언어 표현을 매끄럽게 하고 윤기 있게 하며 격조 있게 합니다. 올바른 어휘 표현 또한 지식 정보력을 효과적으로 전달하도록 도와줌으로써 화자의 지식 역량을 평가하는 데 도움을 줍니다. 적합한 목소리 역시 내용을 잘 포장한 포장지와 같습니다. 대화 상황과 전달내용에 맞게 포장된 적합한 목소리는 내용의 질과 대화의 효과를 더욱 높여줍니다.

첫인상이 사람과의 관계를 좌우합니다. 첫인상은 처음 본 순간 1초 이내에 결정된다고 합니다. 외모가 첫 순간에 주는 첫인상이고, 다음이 바로 두 번째 인상인 언어표현입니다. 정확한 발음과 올바른 어휘 표현, 적합한 목소리로 이루어진 잘 포장된 말본새를 듣고 사람들은 두 번째 인상을 평가합니다. 타고난 외모로 전달할 수 없는 것들은 언어로 표현할 수 있습니다. 신뢰감, 성실성, 온유함 등의 인성은 단순히 외모로 전달되는 것이 아니라 언어적 표현을 통해 평가받습니다.

언어인상에는 누구나 판단기준이 되는 경계가 있습니다. 사람마다 조금씩 차이가 있습니다만 눈에 보이는 한계선이 있습니다. 드러난 성품이나 외모 평가, 과거의 경험에 상관없이 언어로 표현된 것으로 판단하는 마지막 한계선이 되는 언어적 경계를 말합니다. 아무리 괜찮아 보이는 외모와 성품을 지닌 사람도 비속어를 사용한다거나 저속한 표현이나 욕을 사용했을 때 그 사람의 외적 가치와 관계없이 평가 절하됩니다. 언어적 경계는 사람마다 한계선이 다릅니다. 무척 관대한 사람이 있는가 하면 무척 보수적인 사람도 있습니다. 오히려 일반인의 언어적 경계의 범주를 넘어섰을 때 털털하다든지 인간적이라든지 하는 방향으로 긍정적인 평가를 내리기도 합니다. 이러한 언어적 경계를 지켜야 한다는 점에서 올바른 표현력은 중요한 가치를 지닙니다.

올바른 표현력을 가진 사람은 늘 자신감에 충만합니다. 눈빛에서 자신감이 엿보입니다. 어떠한 상황에서도 자신의 말본새가 흠잡을 것이 없기 때문에 경쟁력이 있다는 것을 아는 이상 두려울 것이 없습니다. 올바른 표현력을 갖추지 못한 사람은 자신의 언어재능에 자신감이 없기 때문에 늘 염려가 많습니다. 자신의 발음이나 표현력을 상대방이 어떻게 생각할까 걱정하기 때문에 언어표현도 소극적이기 쉽습니다. 근육을 키우기 위해서는 꾸준히 운동을 해야 하듯 올바른 표현력도 연습과 훈련을 통해 향상시킬 수 있습니다. 적절한 학습과 말하기 연습은 발음의 정확도와 어휘 사용의 적절성, 그리고 상황에 맞는 목소리를 개발하는 데 큰 도움을 줍니다. 지금부터 시작하시죠.

대화 13

경청력 ◦ 몇 가지를 더 살펴볼까 합니다. 지구력과 순발력, 면역력에 해당하는 언어력 요소들입니다. 지구력은 일정한 작업을 장시간 계속할 수 있는 능력을 말합니다. 언어력에서는 물론 말을 오랫동안 계속할 수 있는 능력도 중요합니다만 이는 지식 정보력이 충분하면 그리 어렵지 않습니다. 지구력에 해당하는 언어력은 경청력을 꼽고 싶습니다. 다른 사람의 말을 들어주는 데는 지구력이 필요합니다. 경청도 능력입니다. 효과적인 경청이 효율적인 발화를 가져옵니다.

올바른 경청을 위해서는 화자와 청자 사이에 감정 연결이 중요합니다. 연결된 감정은 교류 신호가 오고 가야 합니다. 감정이 교류되면 감흥이 교류되고 감동이 교류될 때 올바른 경청이 이루어집니다. 눈을 마주치고 고개를 끄덕이며 웃음으로 반응하고 말 추임새를 넣는 작업이 바로 오랜 시간 경청을 이어가는 효과적인 방법입니다.

참, 경청의 '경'자는 '기울일 경傾'이라고 하더군요. 몸을 기울여서 들어야 진짜 경청입니다.

애드리브ad lib ◦ 순발력은 순간적인 근육수축으로 강한 힘을 내는 능력입니다. 애드리브 역시 순간적으로 상황에 대처하여 적절한 표현을 하는 능력입니다. 흔히 예능 프로그램에서 순간적인 재치로 표현되는 유머를 나타내는 경우가 많습니다만 관계적인 상황 속에서 난처한 상황을 극복하거나 관계의 친밀도를 배가할 수 있는 언어적 표현도 포함됩니다.

수년 전 결혼식 사회를 볼 때 일입니다. 양가 어머니께서 화촉에 불을 붙이던 순간 실수로 꽃에 불이 붙었습니다. 신부 쪽에 있던 화환들에 불이 크게 옮겨 붙었지만 다행히 몇몇 사람들이 뛰어올라 불을 꺼준 덕에 큰 사고를 모면할 수 있었습니다. 신랑 신부가 입장하기 전이었지만 이미 장내 분위기는 소란해졌습니다. 웅성웅성하던 사람들의 관심은 사회자인 제 이야기에 쏠렸습니다. 솔직히 저도 불을 보는 순간부터 어떤 이야기로 말을 이어갈지 고민하고 있었습니다. "감사합니다"라는 일성으로 청중의 웅성거림을 잠재우고 잠시 침묵한 후 말을 이어갔습니다.

"꿈에 불을 보면 부자가 되는 좋은 꿈이라고 합니다. 꿈같은 결혼식에서 불을 봤으니 오늘 탄생하는 새 가정이 얼마나 잘 살겠습니까? 참으로 감사한 일입니다."

말이 끝나기 무섭게 하객들은 우레와 같은 박수와 함성으로 놀란 신랑 신부의 마음을 가라앉혀 주었습니다. 적절한 순발력은 상황과 분위기를 바꿔줍니다.

그날 결혼식, 잘 끝났습니다.

대화 15

부정언어 저항력 ° 이번에는 면역력입니다. 면역력은 외부에서 들어온 병원균에 저항하는 힘입니다. 면역력이 좋아야 어떤 환경에서도 건강과 체력을 유지할 수 있습니다. 면역력에 해당하는 언어력이 바로 부정언어 저항력입니다.

대화환경에는 부정언어들이 은근히 많습니다. 칼이 되고 독이 되는 언어표현에 상처받고 우울해지고 심지어 병들기까지 합니다. 부정언어들은 말 그대로 병원균입니다. 병원균에 저항하는 힘을 길러야 합니다. 나에 대한 험담, 비난, 거짓말, 굴욕적 언어표현들을 마음의 힘으로 객관화시키는 능력이 필요합니다. 단순히 공격적인 언어표현에 대하여 방어기제로 또 다른 공격으로 반응하기보다 대화전쟁을 종식시킬 수 있는 내공이 필요합니다.

반대로 화자가 꼭 해야 하는 부정적인 표현이라면 약을 함께 주는 방법도 있습니다. 영어 표현 'no offense'는 '기분 나쁘게 듣지 말고'나 '상처 주려고 하는 말은 아닌데'로 해석될 수 있습니다. 미국 드라마를 보면 일상대화에서 지나치다 싶을 정도로 자주 등장하는, 어느 정도 예의를 갖춘 표현입니다. 표현의 공격성을 중화시키는 것도 화자의 예의입니다.

생각할수록 아무 생각 없이 내뱉은 말들이 얼마나 위험하고 어리석은 일이었는지 깨닫게 됩니다. 올바른 표현력으로 근사하게 포장하고 경청력을 통해 상대방에게 최대한 예의를 갖춘 후에 적절한 애드리브와 부정언어 저항력으로 대화를 활력 있고 윤기 있게 만든다면 우리 삶은 훨씬 생기가 돌 것입니다. 절대 기분 나쁘게 듣지는 마십시오.

대화 16

상황인지 통제력 ° 21세기 초 TV의 가장 획기적인 시도는 바로 리얼 버라이어티입니다. 2005년 〈무한도전〉으로 시작된 이 장르는 기존의 복합장르인 버라이어티 쇼에 날것 그대로의 신선함을 내세우는 리얼리티 개념을 도입하여 21세기 초 방송 문화를 선도하는 장르로 자리잡았습니다. 그 후 방송사별로 유사한 프로그램이 뒤를 이었습니다.

〈무한도전〉의 봉우리에는 유재석 씨가 있습니다. 예능천하의 지존으로 리얼 버라이어티의 집단체제를 통해 성장한 인물입니다. 유재석 씨가 돋보이는 이유는 바로 구성원들의 소통의 중심에 있다는 점입니다. 버라이어티의 복합요소 가운데 리얼리티를 보여주는 것이 바로 구성원 간의 소통입니다.

〈무한도전〉은 그날의 특별한 목표를 이루기 위한 과정에서 소통의 흐름을 보여줍니다. 소통의 통쾌함과 불통의 답답함이 반복되면서 재미가 유발됩니다. 역시 소통의 핵심에는 유재석 씨가 있습니다. 유재석 씨는 특히 자신들의 소통의 흐름에 시청자를 끌어들이는 배려까지 감행합니다. 좋아하지 않을 수 없습니다.

이 역할은 대한민국 축구에서 미드필더 박지성 선수와 비교됩니다. 축구는 열한 명의 소통의 흐름을 구경하는 스포츠입니다. 여성들은 주로 골이 터지기를 기다리면서 보기 때문에 지루함을 느끼지만 남성들은 패스를 통한 소통의 흐름을 인식하기 때문에 90분 내내 흥미진진한 것입니다. 직접 해본 사람만이 소통의 흐름을 파악할 수 있기 때문입니다. 박지성 선수는 엄청난 체력으로 경기장을 누비며 열한 명이 소통의 들숨과 날숨을 어떻게 쉬는지 파악하고 경기 전체를 한 장의 그림으로 보는 듯합니다. 컴퓨터 축구 게임에서 모니터 안에 들어온 경기장 구도를 한눈에 보는 것과 같습니다.

우리의 일상대화도 리얼 버라이어티나 축구 경기만큼 생생하고 복잡합니다. 많은 사람들이 얽혀 있기도 합니다. 박지성 선수의 경기 운영능력에 버금가는 것이 유재석 씨의 상황인지 통제능력입니다. 전체적인 상황을 인지하고 조율하는 능력입니다. 일상생활 다중대화 상황에서도 이런 능력을 가진 사람이 필요합니다.

축구 중계를 보다 보면 공격점유율이 나오는 것처럼 네 명

이상의 대화에서는 대화주도권 점유율을 나타낼 수 있습니다. 대화구성원 A:B:C:D의 대화점유 비율이 균등하기는 쉽지 않습니다. 개인의 성향에 따라 40:30:20:10 이나 60:20:10:10 심지어는 90:5:4:1의 비율이 나오기도 합니다. 이러한 경향 또한 개인적인 관찰 실험을 통해 획득한 결과입니다. 비교적 주도권 점유율이 높은 사람이 대화주제를 정하거나 화제를 바꿉니다. 주도권 비율이 높은 사람이 주로 자신의 문제를 중심으로 이야기를 끌어갑니다. 편중이 높을수록 그 정도는 더욱 심합니다.

대부분의 경우 사람들은 대화점유 비율이 어떻게 되는지 상황을 파악할 수 없습니다. 누군가 말을 많이 하는 사람만이 눈에 들어올 뿐 대화에서 소외되어 심지어 한 마디도 안 하고 있는 사람이 있다는 사실을 눈치채지 못합니다. 이러한 경우 유재석 씨나 박지성 선수 같은 역할을 할 사람이 필요합니다.

대화상황을 정확히 인식하고 상황을 긍정적인 방향으로 유도해나가는 MC의 역할을 할 사람이 바로 상황인지 통제능력을 가진 사람입니다. 누구에게 대화주도권이 편중되는지 대화에서 소외되는 사람은 없는지 대화주제가 특정인에게 불편한 내용은 아닌지 누군가가 자신을 과시하는 주제가 다른 사람에게 피해를 주고 있는 것은 아닌지 정확히 상황을 파악하여 긍정적인 방향으로 조율합니다.

아직 말을 한 마디도 안 한 사람에게 의도적으로 의견을 물어본다든지, 분명히 오늘의 주인공이 C인데도 A가 자신의 이야기만 하고 있다면 C에게 관심이 가도록 주제를 바꿔줄 필요가 있습니다. C의 군대환송회에 모여 A가 연애하는 여자 친구 자랑만 하고 있다면 분명 마이크를 A에게서 C에게로 넘겨줄 진행자가 필요합니다. 대화에서 소외되어 끼어들지 못하고 있는 D에게 B가 의견을 물어봐주고 생각을 듣고자 한다면 D는 분명 B가 고마울 것입니다. 군대 가는 주인공 C도 자신에게 화제를 돌려준 B가 고마울 것입니다. A가 조금만 지혜롭다면 B의 역할을 눈치채고 자신의 과잉행동을 조절해준 B가 고마울 것입니다. 자연스럽게 B에게 리더십이 생깁니다. 유재석 씨가 두드러지지 않고 구성원을 배려하며 소통을 이어가는 역할이 바로 이런 것입니다.

상황인지 통제능력이 있는 사람은 모임의 주인공이 되라는 뜻이 아닙니다. 조율하고 통제하는 진행자가 되어 주도자가 두드러지지 않고, 주변인도 소외되지 않은 채 자신의 역할을 다할 수 있도록 도우라는 것입니다. 바로 MC의 역할입니다.

모라토리엄 증후군moratorium syndrome이라는 사회적 질환이 있습니다. 지적이나 육체적으로 한 사람의 사회적 역할이 충분히 가능한데도 사회적 책무를 기피하는 증세를 말합니다. 대개 20대 후반부터 30대 초반 사이에 많이 나타나며, 대부분 고학력 청년들로 대학 졸업 후 사회로 나가는 것을 두려워하여 졸업하지 않고 학교에 남아 있거나 취직하지 않고 빈둥대는 것도 포함됩니다. 안타까운 일입니다.

언어적 모라토리엄 증후군이 있습니다. 대화에서 자신의 역할을 충분히 할 수 있는데도 자신의 처지로 인해 자신감을 갖지 못하고 관계 형성을 회피하는 경우입니다. 조금 관심을 갖고 보면 우리 일상의 대화 테이블에는 항상 이런 사람들이 함께 있습니다. 이런 사람들에게 관계의 문을 열어주고 대화의 울타리 안에 포용해주며 언어적 자신감을 불어넣어주는 역할이 바로 상황인지 통제능력입니다.

애초에 신은 인간들에게 수다라는 관계적 선물을 주기 위해 언어를 만들었는지도 모릅니다. 이러한 다중대화에서 적절한 언어를 선택하는 데 결정적인 요인은 바로 상황입니다. 먼저 대화상대방의 환경적 요인이 어떤지, 지금의 경제적 · 사회적 상황은 어떤지를 파악합니다. 그런 다음 대화의 흐름에서 돌아가는 상황이 누구에게 유리하고 누구에게 상처를 주는지 인지하여 그 흐름을 순조롭게 조절한다면 우리의 대화환경은 모두의 마음에 상처 없는 편안함을 안겨줄 수 있습니다.

대화 17

언어연습 ° 현대사회는 관리의 시대입니다. 대학생들은 학점관리와 취업준비를 위한 스펙관리를 하느라 정신없습니다. 여성 전유물이던 피부관리에는 남성들도 뛰어들었습니다. 전문가로 성공하기 위해서 인맥관리는 필수입니다. 남녀 공히 체중관리를 통한 몸매관리는 이미 관리 열풍에서 뒤로 밀려났고, 재테크에 있어서 위기관리나 자녀 교육을 위한 학원관리, 건강을 위한 질병관리도 이젠 자연스러운 단어가 되었습니다. 이 모든 것을 총칭하여 자기관리라는 표현도 하며 이를 위해서는 시간관리가 필수입니다.

관리 열풍 속에서 우리가 놓치고 있는 것이 있습니다. 우리의 말습관을 조심하는 언어관리나 우리의 말의 토대가 되는 생각을 관리하거나 우리의 말에 대하여 상대방이 어떻게 반응하는지를 염두에 두는 반응관리에 조금 더 신경을 쓴다면 우리 삶의 관계가 훨씬 풍요로워지지 않을까요? 시간도, 체중도, 피부도, 인맥도 관리하기 나름이라면 우리의 언어와 생각과 반응이야말로 진정 관리하기 나름입니다.

철학자 윌리엄 제임스는 우리 세대 가운데서 가장 위대한 발견은 인간이 마음의 태도와 생각의 자세를 바꿈으로써 그 생활을 바꿀 수 있다는 사실이라고 했습니다. 우리가 마음의 태도와 생각의 자세를 조금만 바꾼다면 우리의 언어와 행동이 달라지고, 나아가 우리의 삶을 바꿀 수 있습니다. 기적은 초자연적인 것이나 과학적으로 설명할 수 없는 현상이 일어나는 것에 국한되는 것이 아니라 결코 바뀌지 않을 것 같던 내 삶이 바뀌는 것도 기적이 될 수 있습니다.

신약성서에서 야고보라는 사람은 "혀는 능히 길들일 사람이 없나니 쉬지 아니하는 악이요 죽이는 독이 가득한 것"이라고 했습니다. 많은 사람들이 공감할 것입니다. 내 혀는 내 것이지만 내 마음대로 되지 않습니다. 쉬지 않고 다른 사람을 험담하며 그 말은 독이 되어 다른 사람들에게 상처를 주기도 합니다. 아무리 사실이라고 해도 내 혀가 이런 행동을 계속하도록 내버려둘 순 없습니다. 그래도 내가 아니면 누가 내 혀를 길들이겠습니까? 약간의 가능성이지만 희망을 가지고 도전해봐야겠습니다.

〈아침마당〉에서 〈한국점자도서관〉 육근해 관장님을 만났습니다. 그분은 사재를 털어 한국점자도서관을 만드신 육병일 초대관장님의 딸로 돌아가신 아버님의 뜻을 받들어 점자도서관을 운영하고 있습니다. 육근해 관장님은 말씀을 참 잘하셨습니다. 문장 구성이 깔끔하고 문맥의 앞뒤가 어찌나 조리 있게 이어지던지 말을 전문으로 하는 저도 깜짝 놀랐습니다. 그 이유를 살펴보니 시각장애인이셨던 아버지 곁에서 어린 시절부터 늘 벗을 해드리며 아버지가 하시는 일을 옆에서 말로 도와드렸답니다. 치밀한 훈련이 있었다는 것입니다. 말이야말로 연습과 훈련이 중요합니다. 게다가 아버지를 사랑하는 마음까지 있었으니 말을 잘할 수밖에 없었을 것입니다.

가끔 아나운서 지망생들을 위한 아카데미에 교육을 나갑니다. 그때마다 학생들에게 폭포수 같이 질문을 쏟아냅니다. 쏟아지는 질문에 학생들은 서둘러 답을 합니다. 하지만 말문이 막힐 때가 많습니다. 대부분 말로 표현해보지 못했기 때문입니다. 아나운서가 되겠다고 지망한 학생들이지만 말하기 훈련이 제대로 되어 있지 않은 것입니다. 아카데미에서도 선생님들의 강의만 듣고 뉴스 낭독 연습을 주로 하다 보니 자신의 생각과 의견을 정리해서 말할 기회조차 얻지 못하기 때문입니다. 더욱이 일상생활에서 말하기 훈련이 안 되어 있다 보니 자신이 말을 잘하는 사람인지 아닌지조차 미처 파악되어 있지 않습니다.

첫날 폭포수 같은 질문에 말문이 막힌 학생들은 자신이 말을 못하는 사람이라는 것을 깨달았다고 고백합니다. 하지만 세 시간 정도 그런 훈련을 계속 받고 나면 어느덧 그들의 말솜씨는 조금 나아져 있습니다. 말은 훈련을 통해 향상시킬 수 있는 것입니다. 둘째 날도 같은 방식의 수업을 이끌어갑니다. 첫날보다 훨씬 나아진 모습을 볼 수 있습니다. 첫날 자신이 말을 못한다고 고백했던 학생들이 둘째 날 수업을 마치고 나면 말에 대한 자신감을 얻었다고 말합니다. 할수록 말솜씨가 는다는 것을 깨달았기 때문입니다.

우리에게 필요한 것은 언어를 훈련하고 연습할 수 있는 언어력 신장교실, 즉 언어 피트니스 클럽입니다. 우리가 체력을 쌓고 근육을 만들기 위해 꾸준히 피트니스 클럽에서 운동을 하듯 언어력을 신장시키기 위해서도 꾸준히 훈련하고 연습해야 합니다. 첫째, 우리는 말을 잘하고 싶어합니다. 깔끔한 문장 구성과 조리 있는 문맥 배치를 통해 수려한 말솜씨를 갖고 싶어합니다. 둘째, 우리가 어떤 말을 하는지 깨달아 우리의 말이 관계 향상에 도움이 되도록 앞에서 말한 언어력을 높이고 싶어합니다. 셋째, 우리의 언어습관과 생각을 관리하여 바람직한 언어생활을 하고 싶어합니다. 이러한 점들을 고려하여 언어 피트니스 클럽의 훈련방법을 통하여 꾸준히 연습한다면 우리의 삶은 확실히 달라질 것입니다. 그러면 언어력 신장을 위한 세 가지 방법—언어 스트레칭, 드라마 놀이, 언어일지 쓰기—을 추천해보겠습니다.

대화 18

언어 스트레칭 ° 힘줄이나 근육을 늘리며 펼치는 체조가 스트레칭입니다. 특별히 잘 사용하지 않는 부위를 늘려주어 유연성 개발에 많은 도움이 됩니다. 준비운동으로 필수입니다. 언어도 마찬가지입니다. 잘 사용하지 않는 문장이나 표현들을 연습을 통해 훈련합니다.

우리는 습관적으로 늘 사용하는 말들을 주로 하는 경향이 있습니다. 외국어에서도 내가 아는 문장만을 사용하는 경향은 모국어에서도 나타납니다. 한국어를 하는 외국인들이 한국말을 잘하는 것처럼 보이는 이유는 그들이 자신이 아는 표현만을 주로 사용하기 때문입니다. 나타나는 오류가 없으면 잘하는 것처럼 보이지만 그들의 표현 역량은 상당히 제한적입니다. 마찬가지로 모국어에서도 자신이 늘 사용하던 내용이나 표현으로 문장 활용이 제한되어 있습니다. 사용하지 않던 말을 쓰는 것은 어색하기도 합니다.

혼자서 하는 언어 스트레칭은 문장 활용의 폭을 넓혀주고 어색함을 줄여줍니다. 거울을 보고 평소와 다른 방법으로 스스로에게 말을 걸거나 좋아하는 사람의 말본새를 흉내내거나 좋아하는 글을 읽어보는 것도 좋은 방법입니다. 짧은 시간이라도 혼자 있는 시간을 이용해 규칙적으로 훈련을 하면 상당한 성과를 거둘 수 있습니다. 특히 대중 스피치 훈련을 위해서는 버스나 지하철에서 혼자 있는 시간에도 작은 혼잣말이나 생각으로 문장 구성을 통해 표현하는 연습을 한다면 짧은 시일 내에 큰 효과를 거둘 수 있습니다. ✎

대화 19

드라마 놀이 ° 우리는 드라마를 재미있게 봅니다. 그들의 대화를 통해 그들의 성격과 숨겨진 의도를 파악하며 사건의 흐름을 파악하고 예측하게 됩니다. 등장인물의 말 한마디, 한마디가 그들의 삶의 관계를 유추하는 데 좋은 단서가 됩니다. 마찬가지로 우리 삶에서 펼쳐지는 대화도 드라마처럼 보다 보면 적지 않은 재미를 느낍니다. 일상의 대화를 객관화시켜서 보자는 뜻입니다.

드라마가 재미있는 이유는 내가 당사자가 아니라 한 발자국 떨어져서 객관화된 마음으로 보기 때문입니다. 마찬가지로 일상의 대화도 객관적으로 바라보면 그 사람의 성향이 보이고 의중이 헤아려집니다. 나 자신도 등장인물의 한 사람으로서 어떤 대사를 해야 하는지 객관적으로 평가되는 것입니다. 내가 이런 이야기를 하면 상대방은 이런 감정을 느끼겠구나 하는 점이 파악되는 것입니다. 또 저런 이야기를 하는 상대방은 이런 생각을 갖고 있구나 하는 점도 느낄 수 있습니다.

드라마 놀이를 통해 우리 일상의 대화상황을 객관화시킨다면 상대방의 마음을 읽고 나의 언어표현을 가다듬는 데 큰 도움이 됩니다.

대화 20

언어일지 ° 우리는 우리가 하루 종일 어떤 말을 하면서 사는지 잘 모릅니다. 무의식적으로 습관적으로 이야기하다 보면 내가 어떤 말을 했으며 나의 말이 어떤 결과를 가져오는지조차 생각할 겨를이 없습니다. 내가 어떤 언어습관을 갖고 있는지 대부분이 파악하지 못하고 있다는 뜻입니다. 하루를 정해 자신이 하는 말을 의식적으로 기록해보십시오.

녹음을 하든지 단기 기억에 의지해 그때 그때 기록을 하든지 하는 방법으로 아침에 일어나자마자 가족들과 나누는 인사말부터 밤에 잠자리에 들기 전에 나누는 대화까지 기록해보십시오. 그리고 모든 대화상황과 문장을 분류해보는 것입니다. 아마도 기록을 하겠다고 마음을 먹으면 평소보다 말을 덜하게 될 것입니다. 특별히 말로 하는 일을 하는 직업이 아닌 이상 생각보다 말수가 많지 않을 것입니다.

제 경우도 방송에서 하는 말을 제외하고 일상에서 하는 말들을 기록해보니 평균 1백 문장이 되지 않았습니다. 물론 회식이나 모임, 회의 같은 상황에 따라 다르게 나타납니다만 기록해볼 만한 가치는 있습니다. 자신의 발화 문장을 대화내용에 따라 분류합니다. 인사, 배려, 용서, 사랑의 표현을 담은 긍정적인 대화와 비난, 비판, 불평, 참견 등의 표현을 담은 부정적인 내용을 분류하십시오. 그러면 자신의 대화성향이 나타납니다.

저의 경우는 30:70의 비율로 부정적인 내용이 더 많았습니다. 아마도 언어일지 작성을 위해 의도한 부분이 없었다면 부정적인 내용이 더 많았을 것입니다. 집에서 아이를 키우는 엄마의 경우도 자신이 아이에게 한 이야기를 적어 보면 자신이 어떤 유형의 엄마이고 자신의 자녀 양육 방식이 어떠한지 굳이 전문가에게 의뢰하지 않아도 쉽게 파악할 수 있을 것입니다.

이번에는 언어일지의 적용 폭을 좁혀보겠습니다. 자신이 주로 소통하는 대상자 세 명을 선정하여 그들과의 대화만을 기록해보는 것입니다. 가족, 직장 동료, 자주 통화하는 친한 친구 중에 선정하여 대화내용을 기록하여 분류해보십시오. 대화의 소재가 주로 정보성인 것인지 아니면 사람의 평가에 관한 것인지 분류하고 긍정적인 내용인지 부정적인 내용이 많은지 아니면 공격적인 내용인지 방어적인 내용인지 분류하면 상대방에 대한 나의 언어태도와 그 사람과의 관계 성향까지 파악할 수 있게 되는 것입니다.

언어 스트레칭을 통해 언어표현력을 높이고 드라마 놀이를 통해 대화환경을 객관적으로 파악하며 언어일지를 통해 나의 대화성향을 인지한다면 언어를 통한 관계 형성에 큰 도움이 될 것입니다. 신약성서 「누가복음」에 나타난 예수님의 말씀에 이런 말이 있습니다.

"남을 판단하지 말라. 그러면 너희도 판단받지 않을 것이다. 남을 정죄하지 말라 그러면 너희도 정죄받지 않을 것이다. 용서하라. 그러면 너희도 용서받을 것이다."

우리의 말본새가 상대방의 말본새를 결정짓는지도 모르겠습니다. 남 탓만 할 것이 아니라 꾸준한 연습과 훈련으로 내 삶의 관계를 청정하게 유지해 나가야겠습니다. 고맙고 감사한 것은 언어 피트니스 클럽은 돈을 받지 않는다는 것입니다. ✏

대화 21

○

눈으로 말하고, 입으로 듣고, 귀로 보라고 하더군요.
그러면 마음으로 설득할 수 있다고 하던데.
도대체 어떻게 하라는 얘기인가요?
혹시 아시는 분 있습니까?

○

나무의 본연의 모습은 겨울에 볼 수 있고,
사람의 본연의 모습은 목욕탕에서 볼 수 있으며,
속사람의 본연의 모습은 힘든 시기에 봅니다.
당신의 본연의 모습은 어려운 질문을 던지면 알 수 있을 것 같네요.

○

시인에게는 그만의 글 쓰는 법이 있고
가수에게는 그만의 노래하는 법이 있고
화가에게는 그만의 그림 그리는 법이 있는데
나에게는 왜 나만의 말하는 법이 없는 건가요?
돌 지나고 수십 년 동안 줄곧 말을 해왔는데 말이죠.

○

먹는 것은 내가 좋아하는 것을 먹고
입는 것은 남이 보기 좋은 것을 입어야 한다는데
말은 내가 하기 좋고, 남이 듣기 좋은 말을 해야 합니다.

○

지금 당신 앞에 있는 사람에게
관심을 나타내고 눈을 마주치고 말을 건네는 것은
지금 이 순간 당신이 그에게 줄 수 있는 최고의 선물입니다.
그가 당신의 마음을 읽을 것입니다.

○

씨앗은 작습니다. 말도 간결해야 상대방의 기억에 싹을 틔우는 씨앗이 될 수 있습니다. 물론 열매는 좀 기다려야 합니다.

○

청소년의 언어폭력은 사회적 분출구가 없는 아이들에게 당연한 것인지도 모릅니다. 불투명한 미래와 부모, 스승과의 불통으로 막힌 아이들의 불만이 언어폭력으로 비집고 나옵니다. 아이들에게 소통수단은 언어밖에 남지 않았습니다. 더이상 놀이로도 운동으로도 소통할 수 없습니다.

결국은 어른들에게 배운 것입니다. 이제 어른의 대화를 고스란히 따라하고 있을 뿐입니다. 그들이 욕을 듣고 이해하는 민감도는 어른의 그것과 다릅니다. 어른이 석고대죄해야 합니다.

○

말할 수 없는 것에 대하여는 침묵해야 한다. _비트겐슈타인
침묵의 가치를 알면서도 이렇게 힘든 줄 몰랐습니다.
말할 수 없는 것을 말하려다 보니 갈등이 생겼습니다.
갈등조차 말로 풀려다 보니 오해가 생겼습니다.
쌓인 오해가 분노의 언어로 풀릴 줄 알았습니다.
그런데 갈등도 오해도 분노도 침묵이 답이었습니다.

○

내 것은 바위도 가볍고 남의 것은 솜도 무겁죠.
내 말에 붙은 칼은 이쑤시개만큼 가볍고
당신의 말에 묻은 바늘은 도끼만큼 아픕니다.

○

실수에 대하여 이야기하지 않으면
그 실수는 당신에게 아무것도 가르쳐주지 않는답니다.
어머니의 실수를 알고 있는 딸들은 많은데,
아버지의 실수를 알고 있는 아들은 많지 않습니다.
어머니는 이야기하는데 아버지는 이야기하지 않습니다.

○

아버지는 아이들이 무슨 일을 하고 있는가에 관심이 많습니다. 어머니는 아이들이 어떤 감정에 사로잡혀 있는가에 관심을 기울입니다. 그래서 어머니와의 대화보다 아버지와의 대화가 훨씬 힘듭니다.

○

연인에게 편지를 쓸 때는
그, 혹은 그녀가 좋아하는 음악을 들으십시오.
30대 독자를 대상으로 한 책을 쓸 때는
그들의 음악을 틀어놓으십시오.
호흡과 리듬과 흐름을 타십시오.
듣는 사람과 읽는 사람을 배려하는 꽤 괜찮은 방법입니다.
저는 지금 어떤 음악을 듣고 있을까요?

○

결혼은 경험이 부족해서 하고
이혼은 인내가 부족해서 하며
재혼은 기억이 부족해서 한다고
중국 사람들은 일찍부터 깨달았다더군요.
결혼, 이혼, 재혼 모두 대화가 부족하면 후회합니다.

○

아무리 사소한 일이라도 날마다 계속하고 있다면 거기에 저절로 철학이 생겨난다. _무라카미 하루키

당신이 평생 계속해온 사소한 대화에는 어떤 철학이 있습니까?

대화는 나만의 철학과 상대방의 철학이 접점을 찾는 작업입니다.

○

대화의 길을 잃으셨습니까?

당신은 결코 미로 속에 있지 않습니다.

당신의 마음속에 미로가 있을 뿐입니다.

그런데 미로는 삶의 한 줄기일 뿐입니다.

천천히 길을 걸어봅시다.

○

혹시 싸우셨나요? 화해하기 힘드시죠?

분명 봄은 옵니다. 하지만 겨울도 다시 옵니다.

서로 다른 것을 같은 기준으로 비교하는 일은 어리석습니다.

당신과 그 사람은 다릅니다.

너무 조급해하지 마십시오.

인생은 봄, 여름, 가을, 겨울의 반복입니다.

○

존경할 수 없는 사람의 말은 증거가 있어도 믿지 않는다.

_아리스토텔레스

아, 그래서 사람들이 제 말을 안 믿었던 거군요.

알겠습니다. 말의 증거보다 중요한 것이

말하는 이의 인격이라는 것을.

법정과 달리 대화에서는 사람의 성품이 증거로 인정받을 수 있습니다.

소통

○

굶고 있을 때 밥 안 주면 평생 원수가 됩니다.
말하고 싶을 때 들어주지 않으면 비슷한 일이 생깁니다.

○

걷는 것은 모험입니다.
두 다리로 딛고 서 있어야 안전한 세상에서
한 발을 들고 한 다리로 서 있는 잠깐은 무척 위험합니다.
그러나 두 발 내딛고 걸어야 앞으로 갑니다.
말하기도 모험입니다.
입 다물고 있어야 안전한 세상에서
입술을 벌리고 말의 활시위를 당기는 것은 무척 위험합니다.
그러나 말해야 마음을 전할 수 있습니다.

○

말하기는 생각만큼 중요하지 않습니다.
진정성과 내용만 있으면 서툴러도 부족해도 모자라도
울림이 있고 배울 것이 있습니다.
말하기 기술에 얽매이지 않았으면 좋겠습니다.
솔직히 우리 모두 거기서 거기니까요.

○

말에 가시가 있다는 것은 알고 있었습니다.
하지만 소리에 뼈가 있다는 것을 눈치채지 못하고 살아왔습니다.
소리를 바람처럼 여기고 살아왔기 때문입니다.
소리에 뼈가 있다는 것을 안 순간,
나는 소리를 무심코 내뱉을 수 없었고,
남의 소리를 무심코 들을 수 없었습니다.

○

이 세상이 풍요로운 것은 서로 생각이 다르기 때문입니다.
하지만 차이를 서로 인정하지 않으면 시끄러운 세상이 됩니다.
당신이 시끄러운 세상을 풍요롭게 만드십시오.

○

야구 경기장의 외야수는 얼마나 외롭고 초조할까 생각합니다.
아무도 의식하지 않는 청소부 아주머니는
얼마나 외롭고 민망할까 생각합니다.
'어서 오십시오'라고 반응 없는 인사를 건네는 버스 기사는 얼마나 외롭고 힘들까 생각합니다.
〈아침마당〉에서는 외야수도, 청소부도, 버스 기사도
외롭지 않았으면 좋겠습니다.
그래서 늘 그들에게 말을 건넵니다.

○

사람의 언행규범을 만드는 것은
마음과 겉치레와 생각입니다.
당신의 언행은 어떤 것의 비중이 가장 큽니까?

○

언어학자들은 우리가 아무리 귀기울여서 들으려고 애쓴다 하더라도 다른 사람의 말을 70퍼센트 이상 이해하기 힘들다고 합니다.
인간 소통에는 근본적인 한계가 존재합니다.
한계를 극복하기 위해 마음을 봅니다.

○

나는 가위질을 잘 못합니다.
유치원에서도 종이를 똑바로 자르지 못했습니다.
식당에서 무김치 자르는 손도 떨립니다.
내 친구 장호는 큰 김치를 잘 자릅니다.
먹기 좋고 보기 좋게 가지런히 잘라 놓습니다.
무도 배추도 고기도 장호 손에서는 편안합니다.
집게 잡은 장호의 왼손은 더욱 편안합니다.
장호는 성형외과 의사입니다.
아웃라이어의 만 시간의 법칙이 아니더라도
누군가 말을 잘하는 이유는 말을 많이 해봤기 때문입니다.

○

저는 애니어그램enneagram[1] 1유형입니다.

제 자신과 세상을 보다 나은 상태로 만드는 것을 중요하게 여기며 인생을 바르게 살아가려는 욕구에 의해 행동합니다. 좋을 때는 윤리적이고 현명하며 공정하고 정직합니다. 정돈되어 있고, 자기 훈련이 잘 되어 있고, 의지할 만한 사람입니다. 힘들 때는 판단하려 들고 융통성이 없고 비판적일 때가 있습니다. 심각하기도 하고 불안과 질투도 있으며 강박관념에 시달리기도 합니다. 제가 이런 사람이라는 것을 알고 제 글을 읽으시면 훨씬 좋을 것입니다. 마찬가지로 자신의 유형과 상대방의 유형을 알고 대화하면 훨씬 잘 통합니다.

저의 MBTI[2] 유형은 ISTP[3]입니다.

내향형, 감각형, 사고형, 지각형입니다. 조용하고 자신의 의견을 내세우는 것을 조심스러워 하며 독립적이고 사람들과 어느 정도는 거리를 둡니다. 가끔 호기심 많은 구경꾼이 되기도 합니다. 그런데 T(사고형)는 F(감정형)와 P(지각형)는 J(판단형)와 거의 비슷하여 경계선에 있습니다.

참, DISC[4] 유형은 신중형과 안정형이 무척 높게 나오고 사교형은 평균보다 조금 아래, 주도형은 바닥 수준입니다.

저를 좀 이해하시겠습니까?

물론 이런 도구들은 자기 자신을 이해하기 위한 것이랍니다.

○

우리는 육하원칙을 통해 소통의 감성을 늘 확인해야 합니다.

나의 관점	너의 관점
누가 나는 누구에게 말하고 있습니까?	내가 말하는 상대방은 나를 어떻게 봅니까?
무엇을 나는 무엇을 말하고 있습니까?	상대방은 무엇을 듣고 싶어 합니까?
언제 나는 적절한 때에 말하고 있습니까?	상대방에게 그 시간은 어떤 시간입니까?
어디서 나는 어떤 환경에서 말합니까?	상대방은 지금 어떤 환경에 있습니까?
왜 나는 왜 말하고 있습니까?	상대방은 왜 듣고 있습니까?
어떻게 나는 어떻게 말하고 있습니까?	상대방은 어떻게 듣고 있습니까?

1. 인간학의 일환으로 인간 유형을 아홉 가지로 나누는 분석법
2. 일상생활에 활용할 수 있도록 고안된 자기보고식 성격유형지표.
3. 백과사전형. 논리적이고 뛰어난 상황 적응력을 가지고 있음.
4. 인간의 성격을 구성하는 핵심 네 개 요소인 주도형Dominace, 사교형influence, 신중형Conscientiousness 안정형Steadiness 이 네 가지 성향을 알아보는 검사.

○

모르는 사이에 컴퓨터에게 자리를 내준 것 중 하나가 앨범입니다. 창고에서 세월의 더께가 쌓여가지만 가끔 펼치는 두꺼운 앨범은 컴퓨터 슬라이드쇼가 주지 못하는 생소한 감흥을 전합니다. 앨범 속 사진들은 돌잔치부터 지금까지 내 삶을 펼치는 좋은 도구입니다. 삶 펼치기. 스토리텔링의 좋은 소재입니다. 쭉쭉 펼쳐보십시오. 상대방이 당신을 보다 잘 이해할 것입니다.

○

지금 말하기 전에 먼저 확인하십시오.
지금 듣고 있습니까?
지금 상대방의 소리, 환경의 소리를 듣습니까?
지금 보고 있습니까?
지금 말하는 사람의 표정과 움직임을 봅니까?
지금 생각하고 있습니까?
지금 듣고 본 것을 어떻게 말할지와
그 말이 어떤 영향을 미칠지 생각하고 있습니까?
이제 말하십시오.

○

창의성은 서로 다른 인식과 경험의 충돌에서 나옵니다.
어떤 사람을 싫어하면 그 사람과 시간을 보내십시오.
어떤 문화가 싫으면 그 문화 속으로 들어가 체험하십시오.
당신의 경험과 상대방의 인식이 충돌하면
새로운 느낌과 창의성이 나올 것입니다.

○

소통에 필요한 시간을 아껴주고, 소통의 접근성을 높여주며, 소통을 보다 용이하게 해주는 도구들 때문에 우리는 소통이 더욱 어렵습니다.

편지를 주고받던 시절에, 집 전화를 걸어 메모를 남기던 시절에, 공중전화에 줄 서서 기다리던 시절에, 백과사전을 들춰보던 시절에 누리던 여유는 어디서도 보상받을 수 없습니다.

저도 조금이라도 막아보려고 했지만 막을 수 없었습니다. 굳이 제가 막을 수 있었던 유일한 한 가지는 고장난 리모컨을 새로 사지 않은 것입니다. 리모컨을 없애고 나니 텔레비전을 함께 보는 순간만큼은 채널 바꾸기에서 오는 가족 소통의 역기능을 극복할 수 있었습니다.

○

"모두 둥그렇게 둘러앉겠습니다. 책상 위를 깨끗이 비워주십시오. 책상 위에는 마시는 음료수 외에는 아무것도 없어야 합니다."

학생들이 의자 붙은 책상을 끌며 분주히 움직입니다. 원형대형이 만들어지자 교재도 공책도 필기구도 가방에 넣습니다. 웅성거림 속에 학생들이 책상을 비웠습니다.

"휴대전화도 집어넣으세요."

당황하는 표정이 역력한 학생들도 포기한 듯 이내 가방 속에 전화기를 집어넣습니다. 강의를 시작할 때마다 벌어지는 풍경입니다. 큰 원을 그리며 서로 마주보고 있는 학생들의 책상 위에는 아무것도 없습니다. 계속되는 발표 사이에 목을 축이는 음료수뿐입니다.

진정한 소통은 작은 장애물들을 제거하는 데서부터 시작됩니다.

○

강의마다 소통놀이를 합니다. 조별로 한 명의 대표를 뽑아 앞으로 나오게 합니다. 조원 모두에게 백지를 나눠줍니다. 앞서 뽑힌 대표가 뒤로 돌아 등을 보이고 종이를 접거나 찢어서 모양을 만듭니다. 과정마다 말로 설명하여 조원들이 자신과 같은 모양의 결과물을 만들 수 있도록 돕습니다. 종이 접기 과정의 명령 동작은 10회를 넘어야 합니다. 대표의 결과물과 조원들의 것을 비교하여 유사도에 따른 점수를 매기고 다른 조와 비교하여 유사도 점수가 높은 조가 이기는 게임입니다. 지금 한번 해보시겠습니까? 당신의 말이 얼마나 정확도가 떨어지는지 확인해보십시오.

○

첫 수업에서 물었습니다.

"어떻게 원하는 것을 얻습니까?"

대부분 이렇게 답했습니다. 목표를 세운다, 생각을 반복한다, 포기하지 않는다, 도전한다 등 추상적인 표현이 많았습니다. 질문과 질문 사이에 저는 제가 원하는 것을 말했습니다. "제가 지금 원하는 것은 온풍기를 끄는 것입니다" "제가 지금 원하는 것은 여러분이 책상을 비우는 것입니다" "제가 지금 원하는 것은 추가신청을 원하는 분들이 자신의 이름을 말하는 것입니다."

이렇게 말한 후 "제가 원하는 것을 어떻게 얻었습니까?"라고 다시 물었습니다. 대부분 이렇게 답했습니다.

"말이요."

그래서 오늘 이 수업이 필요합니다. 소통학 교실은 우리가 원하는 것을 얻는 방법을 배우는 곳입니다.

○

다음 질문은 "왜 여기에 앉아 있습니까?"였습니다. 학생들이 강의실에 앉아 있는 목적을 알고 싶었습니다. 대부분의 학생들은 '수업을 듣기 위해서'라고 답했습니다. 그 답은 제가 이미 아는 것입니다. 질문을 하는 목적은 답을 듣기 위해서, 궁금증을 해결하기 위해서입니다.

보이는 것과 들리는 것과 알고 있는 것을 말하는 것은 의미가 없습니다. 상대방의 궁금증을 해결하는 답을 하십시오.

○

수업시간에 '시'를 읽어주고 소통의 느낌을 묻습니다.

좌뇌를 쓰는 우리 학습 환경에서 우뇌를 써서 신선한 공기를 마시는 연습입니다.

○

자신의 질문을 객관적인 틀에 가두지 마십시오. 주관적으로 말하십시오. 상대방의 생각을 추정하는 답변에서도 틀릴 것을 겁내지 마십시오. 틀리면 어떻습니까? 자신이 빠져나갈 구멍만 만들지 말고, 직설적인 답변을 피하지 마십시오. 그냥 정면 돌파하십시오. 답이 쉬워집니다.

○

숲이 이렇게 넓은 줄 미처 몰랐습니다.
나무가 이렇게 많은 줄 미처 몰랐습니다.
나는 드넓은 숲의 그저 초라한 작은 나무일뿐입니다.
하지만 오른손을 옆 나무 어깨에 올렸습니다.
왼손마저 왼쪽 나무 어깨 위에 얹었습니다.
우리는 더불어 숲이 되었습니다.
이제 나는 당당한 숲입니다.
'말하기'는 친구의 어깨에 손을 얹는 것입니다.

○

샤워기 꼭지의 서른 개 작은 구멍 가운데
구멍 하나에서 찬 물이 흘러나옵니다.
스물아홉 개의 구멍에서 나오는 뜨거운 물보다
구멍 하나에서 나오는 찬 물에 몸서리쳐집니다.
스물아홉 마디 따뜻한 말도
한 마디 차가운 말을 이길 수 없습니다.

○

소통할 수 없는 사람과 소통하는 것이
소통을 배우는 지름길입니다.
이제 당신이 포기한 사람을 찾아가십시오.

○

어떤 사람은 자신의 꼼꼼한 충고가
누군가를 숨 막히게 한다는 사실을 전혀 모릅니다.
어떤 사람은 자신의 넘치는 사랑이
누군가에게 부담을 준다는 사실을 전혀 모릅니다.
어떤 사람은 자신의 성공을 향한 욕망을
누군가는 안쓰럽게 여긴다는 사실을 전혀 모릅니다.
어떤 사람은 자신의 폭넓은 감정 표현이
누군가를 힘들게 한다는 사실을 전혀 모릅니다.
어떤 사람은 자신의 소리 없는 관찰이
누군가에게 벽이 된다는 사실을 전혀 모릅니다.
어떤 사람은 자신의 염려와 질문이
누군가를 피곤하게 한다는 사실을 전혀 모릅니다.
어떤 사람은 자신의 호기심어린 재미가
누군가를 귀찮게 한다는 사실을 전혀 모릅니다.
어떤 사람은 자신의 정당한 명령이
누군가에게 깊은 상처가 된다는 사실을 전혀 모릅니다.
어떤 사람은 자신의 안일한 평화가
누군가를 답답하게 한다는 사실을 전혀 모릅니다.
아무리 좋은 생각과 표현도 누군가에게는 짐이 될 수 있습니다.
그래서 항상 수위 조절이 필요합니다.

○

어느 병원에서 건강검진을 받았습니다. 저를 알아본 홍보실 직원이 인사를 건네 왔습니다.

"정기 건강검진은 어디서 받고 계신가요?"

"여의도 병원에서 받고 있습니다."

"잘하고 계시는군요. 그 병원은 최고의 서비스를 실시하고 있습니다."

저는 깜짝 놀랐습니다. 말 한마디로 그 병원에 마음을 빼앗겼습니다.

○

사람을 외모로 판단하지 마십시오.
굳이 하고 싶으면 언어로 판단하십시오.
외모에는 마음과 생각을 담기 힘들지만
언어에는 나도 몰래 담겨 있습니다.

○

마음에 들지 않는 것을 사랑하는 법을 배운다면
생각이 맞지 않는 사람과 대화를 시도한다면
그들이 더이상 당신을 희생시키지는 않을 것입니다.

○

밥상대화는 언어교육의 가장 기본적인 배움터입니다. 밥상에서 벌어지는 가족대화를 통해 단어, 문장, 감정표현, 칭찬, 격려, 비난, 불평 등을 가감 없이 배웁니다. 그러다 밥상 아닌 바깥세상에서 슬쩍 따라해보는 것입니다. 그때 나타난 상대의 반응이 언어습관을 결정합니다. 문제는 요즘 아이와 아비가 밥을 같이 안 먹는다는 것입니다.

○

나이는 숫자지만 사람은 숫자가 아닙니다.

학창시절 출석번호로 불리던 우리들이 은행에서는 내가 뽑은 번호로 불리고 라디오에서는 휴대전화 끝자리로 불립니다. 심지어 요즘 청소년들은 등수로 불린답니다. 장례식장에서 영안실 번호로 부르지 않는 것이 다행입니다.

○

나는 그냥 말하지 않습니다.
가끔 '말하는 기계'로 생각하는 사람들이 있습니다.
아닙니다. 화가가 그림을 그리듯
피아노 연주자가 피아노를 치듯 정성스럽게 말합니다.

○

내가 자주 하는 가장 큰 착각은 모든 사람들이 내 말을 듣고 있다는 것입니다.

나의 이야기가 필요한 사람들만, 나에게 관심 있는 사람들만, 나를 배려하는 사람들만 내 이야기를 듣습니다.

○

누군가 문자로 어려운 부탁을 해왔습니다.
거절할 수도 승낙할 수도 없는 난처한 부탁이었습니다.
'♩♬♪'라고 답했습니다.
'괜찮습니다'라는 답이 왔습니다.
아마 그 쪽도 미안했던 모양입니다.
마음의 답변은 상대방이 마음으로 읽습니다.

○

나를 험담하는 당신, 당연합니다.
나를 칭찬하는 당신, 기적입니다.
누군가는 나를 오해할 권리가 있고,
나는 그것을 해명할 의무가 없습니다.
그런데 결정적인 순간에는 이 말이 생각나지 않습니다.

○

아무리 큰 사랑도 침묵을 오래 기다리지는 않습니다.
사랑은 마음을 보여주고, 마음을 보기 원합니다.

○

대형 할인매장에 의해 동네 구멍가게가 밀려나갑니다.
TV 속 말꾼들에 의해 내 옆의 진솔한 대화자가 소외됩니다.

○

각자 다른 일을 각자 다른 방법으로 감당하는 것이 세상입니다.
하지만 결국 길은 하나입니다.
종착역은 사람이고 우리가 탄 기차는 마음입니다.

○

재산이 많은 사람이 부자일까요?
재산을 모을 필요가 없는 사람이 부자일까요?
재산에 연연해하지 않는 사람이 부자입니다.
사람을 모으려고 하지 말고 사람을 멀리하지도 마십시오.
누군가 당신을 필요로 한다면 당신이 사람 부자입니다.

○

사랑은 소유가 아닌 방향성입니다.
그 사람을 가지려 하지 말고 그가 가려는 곳을 먼저 바라보십시오.
그의 마음이 당신의 말에 귀기울입니다.

○

'보다'가 좋으십니까? '만큼'이 좋으십니까?
그 사람보다 잘하는 것과 그 사람만큼 잘하는 것.
어느 것이 편안하십니까?
무엇이든 당신만큼 했으면 좋겠습니다.

○

사람은 설명의 대상이 아니라 이해의 대상입니다.
생각으로 마음과 행동에 간을 맞추십시오.

○

인생에 '흠'이라는 단어가 웬 말입니까? 실수가 있고 잘못이 있을 뿐입니다. 그 순간이 지나면 서서히 희미해집니다. 잘못 없고 실수 없는 인생이 어디 있겠습니까?

그런데 말이 남긴 상처는 지워지지 않는 흔적으로 꽤 오래갑니다.

○

오늘은 전국이 대체로 맑겠습니다.
누군가에게는 우울한 소식입니다.
오늘은 하루 종일 폭우가 내리겠습니다.
누군가에게는 반가운 소식입니다.
한가위 휘영청 밝은 보름달도
누군가에겐 가슴 사무치고 눈물 나는 그리움입니다.
아무리 좋은 강연도
누군가에게는 상처가 될 수 있고
아무리 망친 강연도
누군가에게는 새로운 희망 무지개입니다.

○

짜장면을 섞어 먹지 않습니다. 면의 쫄깃함을 만끽하며 짜장을 찬 삼아 먹습니다. 비빔밥도 비벼 먹지 않습니다. 고추장도 없이 재료의 본연의 맛을 느낍니다. 주문할 때 따로 해달라고 아무리 강조해도 자주 고추장이 섞여 오고 짜장이 덮여 옵니다. 심지어 따로 나오는 간짜장도 말릴 틈도 없이 제 앞에서 붓습니다. 아쉽지만 그렇다고 제가 화를 낼 수는 없습니다. 제가 이상한 거니까요.

가끔 있는 저 같은 사람도 배려해주십시오. 사람은 다 다르니까요. 당연한 듯 무심코 내뱉은 말에도 각기 다른 사람들이 모여 있는 군중 속에 상처받는 사람이 있을 수 있습니다. 그냥 조금만 조심하시면 된답니다.

○

프랑스 작가 장 콕토가 말하는 우리 시대의 특징은, 누군가를 칭찬하면 바보라고 여겨진다는 두려움과 누군가를 비난하는 것이 똑똑해 보인다는 확신입니다.

그래도 다행인 것은 바보라고 불려도 칭찬하고, 똑똑하다는 평가와 타인에 대한 비난을 모두 포기하는 괜찮은 사람이 있다는 것입니다.

○

후회는 '걸어 온 길'과 '가지 않은 길'의 비교에서 출발합니다. 하지만 절대적인 비교는 불가능합니다.

내가 걸어 온 길은 결과로 나타났고, 가지 않은 길은 기대치로 추측할 뿐입니다.

가지 않은 길이 이보다 나을 것이라는 보장은 전혀 없습니다.

가지 않은 길은 이미 내 길이 아닙니다.

나의 친구들과 '만나지 않은 유명인'을 비교하지 마십시오.

친구들의 성품은 결과로 나타났고, 유명인의 성품은 추측할 뿐입니다.

나에게는 친구들이 훨씬 소중합니다.

○

시각장애인 성악가 이선영 씨가 말했습니다.

"저는 목소리로 그 사람의 색깔을 생각합니다."

여자 MC가 물었습니다.

"그러면 김재원 씨 목소리에서는 무슨 색이 느껴지세요?"

"검은 색 바탕 사이로 언뜻 하얀 빛이 보입니다. 검은 색이 어둡게 느껴지지는 않는군요."

깜짝 놀랐습니다. 저는 검은 색 옷을 즐겨 입거든요.

○

가족의 소통은 여행입니다. 24시간 함께하며 동시에 경험합니다.

무관심이 다툼을 낳고, 다툼이 앎과 이해를 낳습니다.

알고 이해하면 배려하게 되고 공감과 소통을 가져옵니다.

참, 아들이 하루에 똥을 몇 번 싸는지도 알 수 있습니다.

○

깨진 거울로 보면 내 얼굴은 일그러집니다.

깨진 거울 탓이니 속상하지는 않습니다.

내 얼굴은 아무런 문제가 없으니까요.

그러니까 깨진 마음을 가진 사람이 한 말에도 상처받지 마십시오.

○

문자 보내고 답장이 없으면 때로는 그 사람이 원망스럽습니다. 하지만 모든 문자가 안전하게 도착했다고는 생각하지 마십시오. 만에 하나, 배달 사고가 나기도 합니다. 하물며 기계도 그런데…….

상대방이 내 이야기를 모두 이해했다고 생각하지 마십시오. 말을 하는 나의 송신 장치와 말을 듣는 그의 수신 장치가 맞지 않거나 고장이 났을 수도 있으니까요.

○

원칙보다 사랑이 중요한 사람이 있고,
사랑보다 원칙이 중요한 사람이 있습니다.
재미보다 성찰이 좋은 사람이 있고,
성찰보다 재미가 좋은 사람이 있습니다.
안전을 우선시하는 사람이 있고,
모험이 앞서는 사람도 있습니다.
이렇게 다 다른데 어떻게 맞추겠습니까?
아무리 선한 생각이라도 남들이 내 마음 같다고 여기지는 마십시오.

○

단 10초를 미치기 때문이랍니다. 그 10초 동안 제 정신이 아니기 때문에 자신의 막말이 얼마나 큰 상처를 주는지 모릅니다. 자신의 폭력이 상대방에게 얼마나 큰 아픔을 주는지 모릅니다. 10초 때문에 세상을 등지기도 합니다.

10초, 엄청난 시간입니다. 정신 똑바로 차리고 삽시다.

언어

언어 1

음치, 박치, 말치 ° 중학교 1학년 음악 실기 시험시간. 가곡 〈선구자〉를 부릅니다. 시작은 했습니다만 '일-송-정 푸른 솔은' 짧은 두 마디 동안 도 미 솔 도를 거쳐 높은 미까지 찍고 다시 내려와 라를 잡는 여정은 머나먼 길입니다. '일—송—정' 높은 도부터 어그러지자 그때를 놓치지 않고 선생님께서 웃음을 터뜨립니다. 70명 반 아이들 모두가 키득대다가 웃어버립니다. 결국 저는 그날 이후로 자신을 음치의 범주에 두게 됩니다. 그리고 사람들 앞에서 절대로 노래를 부르지 않았습니다.

만약 제가 그때 그들의 웃음을 웃어 넘겼다면, 노래 못하는 것이 결코 큰 문제가 아니라고 생각했다면 저는 훨씬 더 풍요로운 삶을 살 수 있었을 것입니다. 그날 이후로 제 삶에서 음악이라는 영역, 특히 노래는 상당히 어두운 영역이었습니다. 아직도 음악이 주는 즐거움을 제대로 만끽하지 못합니다. 남들 앞에서 노래를 해야 할 때 제가 느끼는 감정은 말을 못한다고 생각하는 사람이 남들 앞에서 말을 해야 할 때 느끼는 감정과 비슷하리라 봅니다. 어쩌면 그들은 자신을 말 못하는 사람으로 규정했다는 이유만으로 언어가 주는 풍요로움을 누리지 못하고 사는지도 모르겠습니다.

중학교 1학년 체육시간 농구 레이업슛 실기 시험. 스텝이 꼬인 관계로 여러 번 골대 앞에 멈춰 섰습니다. 역시 반 아이들은 웃었습니다. 하지만 저에게 그 순간은 그리 굴욕적이지 않았습니다. 농구가 주는 즐거움을 알고 있었고 레이업슛의 실패가 내 삶에 큰 영향을 미치지 못한다는 것을 알았기 때문입니다. 그 후로 저는 중·고등학교 내내 농구에 빠져 살았습니다. 물론 그래서 성적이 떨어지기도 했습니다만.

말 한마디의 실수, 혹은 대중 앞에서 얼어버린 굴욕감으로 괜한 굴레에 갇혀 있는 사람들이 있습니다. 이 글이 그들을 언어의 굴레에서 해방시키는 역할을 했으면 좋겠습니다. 음치라는 말과 비슷하게 쓰이는 말이 있습니다. 몸치, 박치, 기계치입니다. 하지만 '말치'는 없습니다. 음정이나 박자처럼 특정 기준을 충족하지 못할 때 '치'를 붙이지만 아마도 말은 어떤 기준이 없기 때문일지도 모릅니다. 말은 그냥 각자의 날 것 그대로 의미가 있습니다. 그러니까 이제 스스로를 해방시키십시오. 말은 못하는 것이 아닙니다. 그냥 원래 다 다르게 하는 것일 뿐입니다. ✎

언어 2

백김치 ° 배추의 맑은 느낌이 그대로 살아 있어서 백김치를 특히 좋아합니다. 우리나라에 고추가 들어오기 전의 김치는 아마도 백김치였던 모양입니다. 김치에 고춧가루가 더해지면서 원래의 김치는 빨간 김치에게 '김치'의 자리를 내어주고 머리에 '백'자를 달게 되었습니다. 그만큼 빨간 김치가 힘깨나 썼던 모양입니다.

김치는 강합니다. 붉은 기운이 강렬하고 배추 곳곳에 묻은 빨간 점이 도드라지며 시뻘건 국물이 도전적입니다. 반면 '김치'라는 이름을 빼앗긴 백김치는 배추의 날것을 그대로 살려줘서 고맙습니다. 맑은 국물에 폭 담겨 있어서 더욱 좋습니다. 그다지 도전적이지 않으면서도 깊은 맛을 지니고 있어서 참 마음에 듭니다. 역시 김치의 생명은 발효의 깊은 맛인가 봅니다.

우리가 하는 말이 백김치 같으면 좋겠습니다. 나 자신을 그대로 보여주면 좋겠습니다. 꾸미지 않고 화장하거나 덧붙이지 않고 날것 그대로의 모습이 진솔하게 드러나면 좋겠습니다. 맑은 느낌 그대로 말입니다. 강하지 않고 도전적이지 않고 시원하고 깨끗한 말을 많이 하면 좋겠습니다. 또 발효된 말이면 좋겠습니다. 때로는 겉절이도 맛있지만, 그것도 한두 번입니다. 생각 속에서 숙성되지 않고 버무리자마자 바로 뱉는 말이 아니라 발효된 깊은 맛을 드러내는 말이면 좋겠습니다.

매년 겨울, 장모님이 제 몫으로 백김치를 따로 담가주십니다. 장모님은 다른 건 몰라도 백김치만큼은 정말 맛을 잘 내십니다. 백김치를 볼 때마다 생각합니다. 내 말이, 내 언어가 백김치 같으면 좋겠다고 말입니다. 오늘도 머리에서는, 또 가슴에서는 말이 익어가고 있습니다.

언어 3

언어는 숲° 캐나다 유학시절, 학교 가족기숙사 옆으로 주립공원 수준의 넓은 숲이 있었습니다. 길을 잘못 들면 서너 시간씩 헤맬 만큼 넓었습니다. 시간이 나면 그 숲을 걷고 뛰며 숲의 신비에 빠져들었습니다.

숲은 수많은 나무와 생명체들이 어우러진 공간입니다. 그들은 숲 안에서 관계를 형성합니다. 함께 얽혀 길을 막고, 터주기도 합니다. 때로는 생각지도 못한 쉼터를 제공하고 모처럼의 여유를 방해하는 장애물을 만들기도 합니다. 하늘로 뻗은 가지들은 어우러져 멋진 하늘 그림을 그리기도 합니다.

숲은 나무들의 어울림에 따라 빛이 드는 곳, 어두운 곳, 맑은 곳, 탁한 곳, 깨끗한 곳, 지저분한 곳, 길이 열린 곳, 길이 막힌 곳 등 다양한 모습으로 나타납니다. 숲은 생명체가 서로 어우러져 관계를 형성하는 동적인 공간입니다.

언어는 숲입니다. 사람들이 언어를 중심으로 어우러져 관계를 형성합니다. 함께 얽혀 서로의 관계를 열기도 하고 닫기도 합니다. 생각지도 못한 위로를 주고 돌이키기 힘든 상처를 주기도 합니다. 어우러져 아름다운 세상을 만들고 때로는 다시 돌아오고 싶지 않은 끔찍한 공간으로 만들기도 합니다. 언어의 숲에도 밝은 곳, 어두운 곳, 맑은 곳, 탁한 곳이 있습니다. 길이 열린 곳, 길이 막힌 곳도 있습니다. 언어는 사람이라는 생명체가 어우러져 관계를 형성하는 살아 숨쉬는 공간입니다.

언어는 '내 안의 언어'와 '바깥의 언어'가 있습니다. 내 안의 언어는 내가 생각하고 말하고 듣고 다시 생각하는 머릿속에서 만들어지는 언어의 세계입니다. 바깥의 언어는 수많은 내 안의 언어들이 어우러져 형성하는 언어의 집합 공간입니다. 내 안의 언어는 나무이고 바깥의 언어는 숲입니다. 나무 언어가 모여 숲 언어를 이루고 그 숲 언어는 다시금 나무 언어를 키웁니다.

언어숲이 아름다우면 좋겠습니다. 맑은 공기, 밝은 기운이 넘치는 공간이기를 바랍니다. 그러기 위해서는 나무 언어 한 그루, 한 그루가 제 모습을 갖춰야 합니다. 정말 그랬으면 좋겠습니다. ✎

언어 4

언어는 기적 ° 축구공만 한 머릿속에서 수만 개의 단어가 나오고 수십만 개의 문장이 구성된다는 것은 참으로 기적 같은 일입니다. 물론 사람이 걷고 뛰고 음식물을 먹어서 소화시켜 배설하는 것도 기적입니다. 인간이 갖고 있는 능력 하나하나가 기적 아닌 것이 어디 있겠습니까만, 다른 능력과 달리 말하기는 태어난 후 1년 가까이 전혀 못하다가 점점 그 쓰임새와 기술이 무궁무진하게 늘어나는 신기한 능력입니다.

사람의 머릿속에는 말로 표현하기 힘든 어떤 큰 통이 있는 듯합니다. '언어통' 정도로 표현하면 좋을 이 그릇은 뇌에 존재하여 수많은 말들을 담고 있습니다. '언어통'에는 언어그물이 펼쳐져 있습니다. 학자에 따라 다소 의견 차이가 있지만 언어학자 크리스틴 케닐리Christine kenneally에 의하면 5만 개에서 6만 개 정도의 단어가 들어 있답니다. 하나의 단어는 단순한 단어가 아니라 그 단어에 대한 모든 정보가 밀집된 일종의 덩어리입니다.

'책'이라는 단어를 떠올려 봅시다. 책은 자음 'ㅊ'과 모음 'ㅐ' 그리고 받침 'ㄱ'으로 형성된 글자입니다. 〔책〕이라고 발음하며, 영어로는 'book', 독어로는 'buch', 한자로는 '書'로 표현합니다. 책이라는 한 글자 앞에서 우리는 책에 관한 그림을 떠올립니다. 때로는 자신이 감명 깊게 읽은 책이 떠오르고 재미있게 읽은 책이 떠오르기도 합니다. 학창시절 공부하던 교과서가 생각나기도 합니다. 잉크가 마르지 않은 책 냄새를 연상하고, 시내 대형서점 혹은 헌책방이 떠오르기도 합니다. 아울러 만화나 잡지가 떠오를 때도 있습니다. 책 한 권을 써도 될 만큼 책에 관한 지식과 정보와 이미지가 우리 머릿속에 있는 언어통의 '책'이라는 덩어리 속에 있습니다.

이번에는 문장입니다. 책 앞에 오는 형용사도 무궁무진합니다. 좋은, 나쁜, 재미있는, 낡은, 새로운, 오래된, 지루한 …… 등 수없이 많습니다. 주어가 되는 명사도 나, 너, 철수, 영희, 학생, 아들, 딸, 어머니 …… 등 다양합니다. 동사도 마찬가지입니다. 읽다, 보다, 사다, 팔다, 주다, 찢다 …… 등 수많은 동사들로 문장의 끝을 맺습니다. 수많은 조합을 통해 책이라는 단어가 들어간 문장은 수백, 수천, 수만 개를 만들 수 있습니다.

이렇게 무궁무진한 능력이 또 있을까요? 만약 언어가 없다면 우리가 할 수 있는 행동은 제한됩니다. 일단 말을 못하고 글을 못 씁니다. 생각도 할 수 없습니다. 인간의 사고는 언어를 바탕으로 하기 때문입니다. 말과 글과 생각이 없는 세상에서 수학과 과학이 가능할까요? 언어 없는 인간이 사용하는 동사는 극히 제한적입니다. 먹다, 움직이다, 보다, 듣다, 소리를 내다, 정도겠지요. 이러한 동사도 조금만 깊이 들어가면 언어라는 도구가 필요합니다.

언어의 그물은 바다만큼 아니 우주만큼 넓습니다. 글로 표현되는 언어가 역사의 수직선을 관장하고 말로 표현되는 언어가 관계의 수평선을 지난다고 하면 생각으로 표현되는 언어는 수평선과 수직선이 만나는 교점을 관통합니다.

사람은 침묵으로 태어납니다. 침묵의 순간은 잠깐이고 바로 울음으로 살아 있음을 증명합니다. 그리고 듣기 시작합니다. 봅니다. 소리를 냅니다. '엄마'를 시작으로 단어를 말합니다. 짧은 문장을 만듭니다. 비로소 대화가 가능합니다. 그리고 문자를 익히면 읽기가 가능합니다. 이제 쓰기를 거쳐 언어적 인간은 완성됩니다. 독서, 작문, 연설, 토론, 외국어 학습으로 그 영역은 점점 넓어집니다.

우리는 항상 새로운 말을 합니다. 말을 배우기 시작하면서 새로운 문장을 쏟아냅니다. 나이가 들고 관계가 넓어지면서 항상 새로운 말을 만듭니다. 매일 아침 생방송을 진행하다 보면 새로운 출연자와 만나 새로운 이야기를 나눕니다. 생전 들어본 적이 없는 새로운 말을 듣고, 생전 내뱉어본 적이 없는 새로운 말을 합니다. 참 신기합니다.

언어는 기적입니다. 이 순간 말을 하고 글을 쓰고 책을 읽는 것은 기적을 넘어섭니다. 기적을 행하는 능력으로 우리는 무엇을 하고 어떤 것을 만들어낼까요?

언어 5

언어는 선물 ° 캐나다 유학시절 언어정책을 공부한 터라 불어, 일어, 독일어, 중국어, 포르투칼어, 스페인어 기초과정을 수강했습니다. 서양 학생들은 새로 배우는 문법의 불규칙적인 변형을 궁금해했습니다. 그때마다 교수들은 '인간 사이의 약속'이라고 말했습니다. 오래 전 언어를 사용하던 사람들이 약속으로 정한 것이니 납득할 만한 설명이 없어도 받아들이라는 이야기였습니다. 하지만 유독 일본어 교수는 '신의 선물'이라는 표현을 썼습니다. 이유가 애매한 문법이 나오면 신이 이런 선물을 주었다고 말하고 넘어갔습니다.

신은 인간에게 언어의 신이 되는 권리를 선물한 것인지도 모릅니다. 내가 사용하는 언어세계에서 나는 언어의 신입니다. 말로는 무엇이든 만들며, 어디든 갑니다. 죽음이나 고통도 아름답고 부자도, 천재도 됩니다. 현실과 동떨어진 언어세계에서 우리는 전지전능한 신이 되는 권리를 부여받았습니다. 그만큼 언어는 신비롭습니다.

기적 같은 언어의 신비를 헤아린다면 단순히 사람의 노력으로 얻었거나 만들었다고 생각하기는 쉽지 않습니다. 세계적인 언어학자 노암 촘스키는 신비한 능력을 '보편문법'이라고 이름 지었습니다. 뇌 어느 기관 속에 언어의 구문을 만드는 일련의 규칙이 담긴 보편문법이 존재한답니다. 실제로 인간의 뇌 속에는 언어중추가 가장 넓은 부위를 차지한답니다. 부위마다 특수한 기능을 가지고 있어서 일정 부위가 손상되면 말을 못하고, 어떤 부위가 망가지면 이해를 못합니다. 손상되면 글만 이해 못하게 되는 부위도 있습니다. 뇌도 신비롭습니다.

언어학자 김진우의 『언어』에는 언어의 기원에 관한 두 가지 설이 나옵니다. 인간 발명설과 신의 선물설입니다. 먼저 인간 발명설입니다. 아리스토텔레스는 이 땅에 있는 모든 사물의 이름은 특정한 사물의 본질을 꿰뚫어볼 수 있는 특수한 능력을 가진 누군가가 만들었다고 했습니다. 루소에 의하면 자연의 부르짖음, 고통, 공포, 쾌락, 분노, 경악 등의 감정을 소리로 표현하는 감탄사에서 언어가 시작되었답니다.

언어가 동물 울음소리 흉내로 시작됐다는 '멍멍설bow-wow theory'이나 종소리나 박수소리 같은 사물 고유의 소리에서 시작됐다는 '땡땡설ding-dong theory'도 있습니다. 혀를 차는 소리 같은 감정표현으로 시작됐다는 '쯧쯧설pooh-pooh theory'이나 산신에게 제사지낼 때 부르는 노래에서 시작됐다는 '아아설sing song theory', 어려울 때 도움을 청하는 소리에서 시작됐다는 '끙끙설grunt theory'도 재미있는 발상입니다.

제 생각에 가장 설득력이 있게 설명한 사람은 18세기 프러시아 학자 요한 쥐스밀히Johann Süssmilch입니다.

"사람은 생각하지 않고는 언어를 만들어낼 수 없다. 하지만 생각은 언어를 전제로 한다. 이 모순을 벗어나기 위해서 신이 언어를 인간에게 선물로 주었다."

어떻습니까? 동의하십니까?

언어 6

언어신화 ° 이집트 신화에서는 신 토트Thoth가, 바빌로니아 신화에서는 나부Nabu신이, 인도 신화에서는 브라마Brahma신의 부인인 사라스바티Sarasvati가 언어를 만들었답니다. 멜라네시아 전설에서는 고마웨 신이 산책 중에 말 못하는 두 사람을 만나자 답답한 나머지 지나가던 들쥐 두 마리의 내장을 꺼내서 두 사람의 뱃속에 넣어주었더니 말을 하게 됐다고도 합니다. 웬만한 신화에서 자신들의 신이 언어를 만들었다고 하는 것을 보면 그만큼 언어가 중요하긴 한 모양입니다.

종교도 말의 중요성을 강조합니다. 『도덕경』 1장에 유교적 관점이 나옵니다. 말할 수 있는 도는 한결같은 도가 아니고 이름 지을 수 있는 이름은 한결같은 이름이 아니랍니다. 언어가 표현하는 모든 것들이 변화의 속성을 가지고 있기에 고정된 언어는 끊임없이 변화하는 세계를 표현하는 데 한계가 있습니다. 오히려 세상은 변하지만 언어는 영원불변의 존재임을 말합니다.

불교 『문수사리문경』은 예로부터 언어가 수행과 불가분의 관계에 있음을 말합니다. 말 한마디에 우주가 진동하는 이치가 있고 자모와 다라니 글자로 모든 법을 다 설명할 수 있답니다. 순화되지 못한 언어를 사용하면 수행에 치명적인 장애를 가져온다고 합니다.

기독교입니다. 어둠 속에서는 소리가 절대 힘을 갖습니다. 암흑이던 태초에 하나님은 "빛이 있으라"는 말로 세상을 창조합니다. '말씀은 하나님'이라는 표현으로 창조주의 본질이 언어적 존재임을 말합니다. 하나님의 아들 예수 그리스도는 이 땅에서 말로 병을 고치고 말로 진리를 가르칩니다. 하나님은 말로 창조사역을, 예수는 말로 치유사역과 전파사역을 감당합니다. 기독교의 거룩한 도구는 언어입니다.

기독교는 언어의 다양성을 형벌이라 말합니다. 바벨탑을 쌓아 하나님께 도전했던 사람들에게 언어의 혼돈이라는 형벌이 내려집니다. 이 형벌은 18~19세기 제국주의에도 적용됩니다. 오늘날의 언어지도가 제국주의 정복지도와 다르지 않다는 것을 알고 나면 언어가 신의 선물임을 인정하지 못하는 데서 오는 아픔을 느낍니다. 언어는 선물입니다. 우리가 그 선물을 얼마나 고마워하며 그 선물의 목적을 어떻게 드러내는지는 우리에게 남겨진 숙제입니다.

언어 7

살아 숨쉬는 언어 ° 기술의 발달이 너무 빠르다 싶습니다. 기술이 주는 편의를 따라가기가 버겁습니다. '없던 걸 생각해내서 만드는 사람도 있는데 만들어준 것을 쓰지도 못해 불평이냐' 라고 하면 할 말이 없습니다만, 그래도 너무 빠릅니다.

만일 타임머신을 타고 조선시대로 간다면 글쎄 그들에게 무엇을 해줄까 생각해봅니다. 저는 알려줄 것이 별로 없습니다. 텔레비전이나 전화의 기술은 물론이고 볼펜 하나 만드는 기술도 설명하거나 보여줄 수 없습니다. 그냥 이런 것이 있다고 하면 그들에게 미쳤다는 소리 듣기 십상일 것입니다. 물론 원리를 몰라서 가르쳐주지 못하지만 아마 언어가 달라서 못 가르쳐줄 가능성이 훨씬 높습니다.

흔히 언어를 정적인 형태의 사물로 인지합니다. 언어를 의사

소통의 도구에 국한시키면 단순히 언어는 주고받는 사물입니다. 하지만 언어는 살아 숨쉽니다. 언어는 성장하고 변화하며 소멸합니다.

2007년 방송된 KBS 특집 다큐멘터리 〈한국어〉에서 재미있는 실험을 했습니다. KBS 아나운서들에게 1910년대에 쓰던 외국인 선교사를 위한 한국어 교재를 읽게 했습니다. 그런데 대부분의 내용을 이해하기 힘들었습니다. 한반도 땅에 언제부터 사람이 살았는지는 굳이 언급하지 않겠습니다. 언제부턴가 사람들은 언어를 사용했겠지요. 고대 언어와 신라의 언어, 조선의 언어, 개화기의 언어와 현대어는 사뭇 다릅니다. 언어는 성장하고 변화합니다. 신라나 조선의 문학을 이해하기 힘든 것도 같은 이치입니다. 사극에서 당시의 생활풍습을 고증을 거쳐 비슷하게 만들어낸다고 하지만 언어야말로 재현하기 가장 힘든 분야이다 보니 포기하고 만드는 것입니다.

지금도 언어는 생성과 소멸을 반복합니다. 많은 언어들이 마지막 언어사용자가 사망함으로 인해 죽은 언어가 됩니다. 언어와 언어의 합병으로 소수부족 언어들은 지금도 탄생합니다. 언어는 살아 숨쉽니다. 언어는 개별언어의 관점에서 보는 역사적 수직선뿐만 아니라 언어이용자의 관점인 관계적 수평선에도 살아 숨쉽니다.

언어는 때로는 꽃다발이고 치료약이지만, 때로는 칼이고 독약입니다. 똑같은 물을 먹고 자란 젖소와 뱀이 있어도, 젖소는 우유를 만들고 뱀은 독을 만듭니다. 마찬가지로 같은 세상에서 같은 정보를 받아 같은 언어를 사용하는 사람들도 누구는 약을 만들고 누구는 독을 만듭니다. 언어는 살아 숨쉬는 역동적인 생명체입니다. 약이나 꽃을 만드시겠습니까? 독이나 칼을 만드시겠습니까? ✐

언어 8

언어는 매개체 ° 요즘 출판계에서 소통이 대세인 것은 소통이 무척 어렵다는 얘기일 겁니다. 소통이 힘들다는 것은 관계가 힘들다는 애기입니다. 사람은 세상을 살면서 수많은 사람과 관계를 맺습니다. 관계가 힘들다는 것은 삶이 힘들다는 뜻입니다.

관계 형성의 주된 매개체는 언어입니다. 언어를 통해 소통이 이루어지고 소통을 통해 관계가 원만해집니다. 수많은 사회문제는 불통의 문제입니다. 이혼은 부부 간의 소통이 원활하지 않았기 때문이고, 자살은 자신과 마음이 통할 누군가를 찾지 못했기 때문입니다. 비행 청소년은 교사와 학생, 부모와 자녀, 친구와 친구의 불통이 만듭니다.

수많은 사회문제의 해결 열쇠는 의외로 쉬운 곳에 있습니다.

바로 언어입니다. 언어의 기능을 도구나 사물로 제한하지 않고 생명체로 인식하여 언어의 생물적 기능을 극대화한다면 많은 문제가 개선될 수 있습니다. 언어는 숲속의 나무처럼, 들판에 흐드러지게 피어있는 꽃처럼, 생명이 있습니다. 생명 존재인 언어가 이 땅에서 살아 숨쉬는 목적을 잘 드러낼 수 있다면 이 땅은 더욱 아름다워질 것입니다. 당신이 지금 이 순간 말한다는 것은 숨쉰다는 것입니다.

언어 9

언어는 생물 ° 매일 아침 생방송을 진행하다 보면 처음 하는 말에 꽤 신경을 씁니다. 전날 회의 이후 내내 무슨 이야기를 할까 생각합니다. 이런 이야기를 해야지 정하고 나서 방송 직전까지 속으로 몇 번 되뇌어봅니다. 하지만 몇 번을 고쳐 말해도 마음에 드는 문장이 나오지 않을 때가 있습니다. 그때 문득 언어가, 말이 살아 숨쉬고 있다는 생각을 합니다. 이 언어라는 놈은 살아 있기 때문에 적잖이 비위를 맞추지 않으면 괜찮은 모양새가 잡히지 않습니다. 참 신기합니다. 언어가 살아 숨쉬고 있다니 말입니다.

아들과 이야기할 때도 아내와 대화할 때도 본래 생각했던 것과 다른 말이 나옵니다. 자칫 조금 다르게 말 틀이 잡히면 듣는 사람에게 오해를 불러일으킬 수 있습니다. 언어라는 녀석이 살아 숨쉬고 있어서 온도와 습도를 잘 맞춰주고 틀도 잘 잡아줘야 나와 생각을 맞춘 형태가 잡히는 모양입니다. 집에서 키우는 강아지보다 훨씬 더 까다로운 놈입니다. 자꾸 녀석이다, 놈이다 해서 안됐지만 내 마음을 몰라줄 때는 정말 야속하기만 합니다. 내 안의 언어도 내 마음대로 못하는 형국이니 바깥 언어는 오죽하겠습니까? ✎

언어 10

언어는 바람 ° 바람은 존재는 느낄 수 있지만 형체는 보이지 않습니다. 때로는 시원한 바람이 되어 마음의 더위를 식혀줍니다. 그러다가 또 칼바람이 되어 마음을 꽁꽁 얼어붙게 만듭니다. 산 위에서 부는 바람처럼 자연스러울 때도 있습니다. 선풍기 바람처럼 인위적이기도 합니다. 분명 내 주위를 둘러싸고 있는 바람이지만 어디서 오는지, 어디로 가는지 도무지 알 수 없습니다.

언어가 그렇습니다. 이 말의 시작이 어디인지 이 말의 끝은 어디인지 종잡을 수 없습니다. 한강에서 시작한 말이 백두산에서 끝나고 한라산에서 시작한 말이 두만강에 머뭅니다. 아마도 바람이 기압의 변화에 의해 일어나는 움직임이다 보니 언어도 사람의 마음이 고기압이냐 저기압이냐에 따라 영향을 많이 받는 모양입니다. 바람을 잘 타면 순풍에 돛단 듯 바다를 잘 헤쳐 갑니다. 언어야말로 우리 인생의 항해에서 내 배의 돛을 잘 움직여줄 수 있는 순풍입니다. 오늘도 나는 언어의 바람에 몸을 맡기고 은은히 퍼지는 바다 향기와 숲 내음을 즐깁니다.

언어 11

언어는 별 ° 관상어 가운데 '고이'라는 잉어과 민물고기가 있습니다. 이 녀석은 참 신기한 놈입니다. 작은 어항에서는 5센티에서 8센티 정도밖에 자라지 않습니다. 그런데 제법 큰 수족관에서는 15센티에서 25센티 정도까지 자랍니다. 더 기가 막힌 것은 강물에 놓아 키우면 1미터를 훌쩍 넘어 120센티까지 자라기도 한답니다. 자신이 사는 세계의 넓이에 맞춰 자기 몸을 키운다는 것입니다.

언어가 그렇습니다. 내가 사는 언어세계의 넓이에 따라 내 언어통의 크기가 정해집니다. 언어의 세계가 얼마나 무궁무진한지 깨닫게 되면 내 언어의 폭과 넓이와 깊이도 따라서 무궁무진해집니다. 하지만 좁은 언어감옥에 자신을 가두면 내가 하는 말은 현저히 줄어듭니다. 당신의 언어세계를 충분히 넓히십시오. 그러기 위해서는 먼저 언어감옥에서 나오셔야 합니다.

어린 시절에는 돈에 대한 생각이 별로 없습니다. 할아버지가 주신 천 원짜리가 제일 큰돈인 줄 알았습니다. 학교에 들어가면 돈의 단위가 제법 커집니다. 설날에 받는 세뱃돈만큼 커집니다. 아르바이트를 하고 취직해서 월급 타고 결혼해서 집 장만하면 점점 돈의 단위와 범위가 커지고 넓어집니다. 가정 경제는 연간 수천만 원이지만 국가 경제는 3백조가 넘는 돈을 다룹니다. 노는 무대에 따라 관점과 생각과 활용이 달라집니다.

언어도 마찬가지입니다. 갓 태어나 아무 말도 못하다가 '엄마'로 시작한 언어의 활용 폭이 점점 시간이 지날수록 넓어집니다. 친구를 사귀고 책을 읽고 TV를 보면서 내 언어통이 커집니다. 혹시 어느 순간 내가 사는 언어의 세계를 제한하고 있지는 않습니까? 나의 언어통이 더이상 자라지 못하도록 방치하고 있지는 않습니까? 대부분의 사람들의 머리에는 5~6만 개의 단어가 저장되어 있습니다. 이 단어 하나하나는 별과 같이 엄청난 정보와 가능성을 담고 있습니다. 하나하나의 별들은 커다란 그물 안에서 서로 손을 잡고 있습니다. 6만 개의 별들이 잘 엮이면 수십만 개의 문장이 되어 사람의 마음에 등불을 밝힙니다.

건축 현장에서 같은 일을 하고 있는 사람들에게 물었습니다. "무엇을 하고 있습니까?" 한 사람이 대답했습니다. "벽돌을 쌓고 있습니다." 옆 사람이 답했습니다. "벽을 만들고 있습니다."

다음 사람이 대답했습니다. "집을 짓고 있답니다." 6만 개의 별로 벽돌을 쌓으시겠습니까? 벽을 만드시겠습니까? 집을 지으시겠습니까?

예로부터 정성과 심혈을 기울여 무엇인가 만드는 작업을 할 때 '짓다'라는 동사를 썼습니다. 집을 짓다, 옷을 짓다, 밥을 짓다, 농사를 짓다, 글을 짓다 등입니다. 아무 일에나 '짓다'라는 동사를 붙이지 않습니다. 아마도 의식주와 같은 삶에 꼭 필요한 일이나 혹은 신성한 작업에만 붙였던 것이 아닌가 싶습니다. 이제 내 그물 안에 있는 6만 개의 별로 정성스레 말을 짓고 싶습니다.

언어 12

언어는 우주° 세상에는 셀 수 없는 것이 적잖이 꽤 있습니다. 개인적으로 정말 세고 싶은 것이 하나 있습니다. 머리카락입니다. 사람에 따라 수만 개에서 수십만 개가 있다고 합니다만 제가 머리숱이 워낙 적다 보니 꼭 한번 세어봤으면 좋겠습니다. 얼마나 남았는지 한 달에 얼마나 줄어드는지 안다면 대머리가 되는 마음의 준비도 훨씬 수월하겠지요. 조만간 그런 기술이 나오리라 기대합니다.

먼 훗날 머리카락을 셀 수 있는 시대가 온다 해도 언어만큼은 그런 시대가 오기 힘들지 않을까 싶습니다. 이 순간에도 생기고 사라지기도 하는 언어의 개수를 정확히 세기는 정말 힘듭니다. 사라져가는 언어의 마지막 사용자가 세상을 떠나면 그 언어는 죽은 언어가 됩니다. 또한 모어母語와 멀리 떨어져 지내다 보면 다른 언어체계가 만들어져 새로운 언어가 탄생합니다. 언어의 생성과 소멸을 완벽하게 추적할 수는 없습니다. 중국 산골의 소수 부족들이나 아프리카 숲속에 사는 부족 언어 중에는 세상에 노출된 적이 한 번도 없는 언어도 있습니다. 학자에 따라 세상의 언어는 5천여 개라고 말하기도 하고 6천 개가 넘는다고도 말합니다.

언어학자 드 스완de swann은 우주의 별이 셀 수 없기 때문에 언어세계를 우주에 비교하는 모양입니다. 언어의 별들은 언어의 우주를 떠다닙니다. 편의상 언어의 개수를 6천 개로 합니다. 6천 개의 언어별 중심에 영어가 있습니다. 모두 인정하시죠? 영어는 세계 최고의 중심에 있는 언어Hypercentral Language입니다.

영어를 중심으로 열한 개의 언어가 행성처럼 주변을 돌고 있습니다. 주요언어Supercentral Language라고 부르는 이 언어들 역시 학자에 따라 다르지만 독일어, 불어, 스페인어, 포르투갈어, 러시아어, 중국어, 일본어, 말레이어, 힌디어, 아랍어, 스와힐리어를 꼽는 학자들이 일반적입니다. 국제적인 소통이 주로 이루어지며 대부분 1억 명 이상의 사용자를 갖고 있습니다. 아쉽게도 한국어는 들지 못했습니다. 열두 번째 언어가 아닐까요?

다음은 약 1백 개의 중심언어Central Language입니다. 1백 개 언어의 사용자 수가 세계인의 95퍼센트를 넘으며, 학교에서 사용하고, 출판이 이루어지며, 방송에서 사용되고, 정치 · 경제언어로 특정 국가의 공식어가 되는 언어들입니다. 나머지 약 5천9백 개의 언어들이 주변어Peripheral Language로 분류됩니다. 이 언어들은 전체 언어의 98퍼센트를 차지하지만 사용자는 세계 인구의 10퍼센트가 채 안 됩니다. 대부분이 공식적인 사전이 없고 출판, 방송, 학습되지 않는 언어로 분류합니다. 우주에는 이름 모르는 별들이 많은 것처럼 언어의 우주에는 이름 모를 언어들도 많습니다. '수금지화목토천해명'을 외웠던 학창시절을 생각하면 주요언어만 기억하는 것이 야속한 언어우주의 속성인가 봅니다.

언어 13

언어는 행복 ° 언어우주에서의 소통은 다중 언어사용자들의 중개기능으로 이루어집니다. 『슬픈 외국어』 이야기가 떠오릅니다. 일본 작가 무라카미 하루키의 책 제목입니다. 가슴에 와 닿습니다. 외국어 공부를 해본 사람이라면 대부분 외국어는 슬플 것입니다. 단순히 학습 과정이 힘들고 남의 언어로 표현하는 자체가 힘들다는 이야기는 아닙니다. 외국어에 둘러싸여 살아야 하는 환경 자체가 힘듭니다. 구약성서에 나오는 대로 하나님의 권위에 도전하여 바벨탑을 쌓은 인간들에게 내리는 형벌로, 사람들의 말을 서로 다르게 만드셨다는 것을 생각하면 정말 가혹한 벌을 잘 선택하셨다고 생각합니다.

뉴욕에 전통시장 취재차 출장 갔을 때 현지 섭외를 도와주던 통역이 생각납니다. 그는 한국어 · 영어 · 일본어, 3개 국어가

능통했습니다. 일본에서 태어나 열 살까지 일본에서 살고, 한국에서 초등학교를 졸업한 후 미국에서 중학교를 다니고, 다시 한국에서 고등학교를 다닌 후 대학을 미국에서 졸업했습니다. 부모님 직장을 따라 이사를 다니다 보니 그렇게 됐답니다. 부러워하는 취재진들에게 그는 모국어를 갖고 싶다고 했습니다. 어린 시절부터 3개 국을 다니며 학교를 다니다 보니 그 어느 언어도 완벽하지 않다고 생각한 모양입니다. 겉으로 보기에 3개 국어를 완벽하게 말하는 그는 한국어가 모국어인 우리가 그토록 부러웠던 것입니다.

아무리 어린 시절부터, 아무리 오래 살아도 완벽해질 수 없는 것이 외국어라면 외국어를 모르는 것이 슬픔의 조건이 아니라 모국어를 갖고 있는 것이 행복의 조건입니다. 모국어조차 완벽하게 모르는 자신이 부끄럽기도 했습니다만, 엄마에게 배운 모국어가 있다는 것은 참 행복한 일입니다.

다문화가정을 생각합니다. 그 아이들의 모국어는 무엇일까요? 혹시 3개 국어가 완벽했던 그 친구처럼 평생 언어에 대한 열등감으로 살게 되지는 않을까요? 그 아이들에게 한국어만 가르치려고, 혹은 그 아이들의 외국인 엄마에게 한국어를 가르치려고 노력할 것이 아니라 그 아이들이 엄마의 언어를 배우며 엄마의 언어로 엄마와 정서적 교감을 누리도록 도와주면 좋겠습니다. 나중에 엄마의 나라에 가서 엄마의 언어도 모른다고 비웃음 사게 할 것이 아니라, 엄마의 언어와 아빠의 언어가 완벽한 '이중 언어자'로 자라서 세계의 일꾼이 되면 좋겠습니다.

사족을 달면 우리가 부러워하는 이중 언어자는, 학문적 정의에 따르면 두 가지 언어를 완벽하게 구사하는 사람이 아니라 한 가지 언어 이상의 언어체계를 이해하는 사람이 이중 언어자입니다. 중학교 때부터 영어를 배운 저도 당신도 모두 이중 언어자입니다. 더욱이 우리 모국어가 언어우주에서 꽤 괜찮은 자리에 있어서 참 고맙습니다. 저는 언어로 밥을 먹고 삽니다. 정말로 고맙습니다. ✎

언어 14

언어는 자존감 ° 언어를 사전에서 찾아보면, 특정 국가의 말이라는 정의가 제일 먼저 나옵니다. 뒤를 이어 인간 의사소통의 도구, 말이나 글로 된 특정 방식의 표현, 움직임 · 기호 · 소리를 통한 의사전달 표현 등으로 정의됩니다. 학교 다닐 때 음운론, 형태론, 통사론, 의미론의 개념으로 언어를 배웠지만 그 설명은 이미 잊은 지 오래입니다. 당신도 마찬가지시죠?

캐나다 유학시절 언어정책 수업시간에 언어란 무엇인가에 대해 발표할 기회가 있었습니다. 각자 나름의 방식으로 언어를 설명하는 시간이었는데 미안하고 쑥스럽게도 제가 발표한 내용만 기억에 선명합니다. 당연한 일인가요? 물론 교수님께 적잖이 칭찬도 받았습니다. Language의 알파벳을 머리글자 삼아 여덟 가지 특성을 길지 않게 간추렸습니다.

Linked, 연결성

언어는 '연결하다'라는 의미와 밀접합니다. 의사소통의 도구이기 때문에 상대방과 언어를 통해 연결되어야 합니다. 아울러 내 안의 언어에서도 모든 단어와 문장들이 연결됩니다. 언어의 우주에서도 서로 다른 나라 언어들이 중개기능을 담당하는 이중 언어자에 의해 연결됩니다. 숲의 모든 환경들이 서로 영향을 주고받으며 연결되듯이 언어는 연결되어 있습니다. 아울러 언어를 통해 우리가 연결됩니다.

Atlas, 지도책

예로부터 지도책을 보면 언어의 흐름이 보입니다. 역사 속 지도책들은 언어분포 변화를 잘 보여줍니다. 때로는 농경분포도 혹은 군사지도에 맞춰 흐름이 바뀝니다. 지금의 언어분포도는 18~19세기 제국주의 정복지도와 거의 비슷합니다. 스페인과 포르투갈이 지배했던 남미 대륙 언어는 그 나라 말입니다. 영국, 프랑스가 관심을 가졌던 북미 대륙은 영어와 불어가 살아 있습니다. 제국주의의 손길이 뻗쳤던 아시아, 아프리카, 대양주에도 그 나라 언어들이 남아 있습니다. 지도책에 나타난 인간의 역사와 언어는 흐름을 같이 합니다.

Nationality, 국적 · 민족

언어는 사용자의 국적을 나타냅니다. 민족을 나타내기도 합니다. 언어는 국민성과 민족성, 국민적 감정, 국가적 소속감을 표현하는 상징입니다. 언어에 스며든 민족적 감정은 다른 것으로 대체되기 쉽지 않습니다. 그래서 많은 것들을 통합한 유럽연합도 언어만큼은 쉽게 통일하거나 바꾸지 못하고 있는 것입니다.

Globalization, 세계화

언어의 세계화는 굳이 언급하지 않아도 잘 아실 것입니다. 국가 간 상호의존도가 점점 심해지는 국제 정세 속에서 시공간의 압축을 이루는 도구는 바로 언어입니다. 지구촌의 문화적 동질성을 표현하는 도구도 언어이고 문화적 이질성을 극복하는 도구도 언어입니다. 지구촌 세계화의 선봉에서 국경을 가장 쉽게 넘어갈 수 있는 것이 언어입니다.

Ubiquity, 무소부재

언어는 도처에 동시에 존재하는 편재성을 갖습니다. 한국어는 한국에도, 아프리카 킬리만자로에도, 남미 안데스에도, 아시아 히말라야에도 지금 이 시간, 동시에 존재합니다. 언어사용자가 직접 존재하거나 출판물, 녹음물 등의 형태로 언어의 존재를 느낄 수 있습니다. 언어사용자가 많을수록 언어의 편재성의 범위는 넓어집니다. 이를 위해 여러 중심언어들이 언어확산정책, 언어 마케팅 전략 등을 통해 영어에 이어 제2의 언어, 제3의 언어의 지위를 차지하고자 노력합니다.

Asset, 자산

언어는 자산 가치를 지니고 있습니다. 해마다 각 언어의 브랜드 가치를 발표하는 기관이 있습니다. 브랜드 가치 경쟁은 매우 치열합니다. 언어가 무형자산으로서 가치를 지니고 있다는 뜻입니다. 언어의 브랜드 가치는 사용국가 수, 사용인구 수, 학습자 수, 국제회의 공식 언어 채택 횟수 등에 의해 숫자화됩니다. 국가 개념뿐만 아니라 개인 차원에서도 자유롭게 구사하는 언어는 스펙의 맨 윗줄을 차지하는 자산 가치를 지니고 있습니다.

Goods, 상품

언어는 상품입니다. 언어는 희귀한 재화가 아니라 세계 도처에 있는 풍부한 재화입니다. 더 많은 사람이 사용할수록 더 가치 있는 상품이 됩니다. 영국은 어학교육 사업이 금융업과 함께 국가의 양대 수입원천입니다. 프랑스는 알리앙스를 통해, 독일은 괴테 어학원을 통해, 중국은 공자학당을 통해 자국어를 확산시키기 위한 전초기지를 설립한 지 오래입니다. 우리나라도 세종학당을 통해 세계시장에 뛰어들었습니다. 언어가 수출 가능한 상품이라는 뜻입니다. 우리나라는 언어수지에서는 수입 초과국입니다. 영어 등 외국어를 수입하는 이상으로 한국어라는 상품을 수출하기 위한 효과적인 전략이 필요합니다.

Economy, 경제

언어는 경제입니다. 자산 가치와 상품으로서의 지위에서도 말해주듯이 언어에는 경제적 개념이 숨어 있습니다. 한 나라에서 사용하는 언어가 적을수록 그 나라의 국민소득이 높다는 조사 결과가 그 사실을 말해줍니다. 대부분의 개발도상국이나 제3세계 국가들은 소수 부족언어를 포함해 자국 내에서 사용하는 언어가 많습니다. 하지만 선진국들은 많아야 두세 개 정도입니다. 많은 나라들이 단일 언어정책을 추구하는 이유이기도 합니다. 언어는 환율처럼 경제력을 표현합니다.

제 나름대로 Language의 여덟 가지 특성을 정리해보았습니다. 전문가들이 보면 이의를 달 만한 내용도 있겠습니다만, 이렇듯 언어의 특성은 그 폭이 점점 넓어져 가고 있습니다. 단순한 의사소통의 도구를 뛰어넘어 세상의 중심에 서 있다는 뜻입니다. 우리는 언어를 이해할 때 세계를 이해할 수 있습니다. 당신의 언어는 당신의 자존감입니다.

언어 15

언어는 성찰° 언어는 자신의 삶의 색깔을 캔버스에 펼치는 붓입니다. 언어는 자신의 삶의 악보를 연주하는 피아노입니다. 언어는 자신의 삶의 영상을 남겨주는 카메라입니다. 하이데거는 언어는 존재의 집이고, 인간은 존재의 목동이라고 했습니다. 그런데 요즘 사람들은 자신의 존재를 잊었고, 자신의 존재를 언어라는 집에 들여보내지 않으며, 언어라는 집을 치우지도 않고, 존재라는 양을 돌보지도 않습니다. 소 잃고 외양간 고치려는 걸까요?

나는 지금When, 여기서Where, 무엇What을 하고 있습니까? 그 일은 어떻게How 하고, 왜Why 하는 겁니까? 이 일은 누구Who를 위한 것입니까? 자기 성찰 없이는 자신을 언어로 표현할 수 없습니다.

공감

공감 1

친구 삭제 ° 2009년 영국의 옥스퍼드가 선정한 올해의 단어는 'unfriend'입니다. 해석하면 '친구이기를 그만두다' 혹은 '친구 삭제' 정도로 온라인상 교류가 활발해지면서 생긴 단어입니다. 선정 이유는 현재 많이 사용하고 있고 지속가능한 잠재력 때문이라더군요. 이를 증명하듯 2010년 미국 ABC방송의 한 토크쇼 진행자는 11월 17일을 'National Unfriend Day'로 제정하자고 주장했습니다. 사이버 공간에서 의미 없는 친구들을 지워버리자는 이야기입니다. 지워야 할 친구 유형 목록까지 나왔더군요. 그 목록에는 어머니와 과거 이성친구가 상위권에 있습니다. '절교'라는 엄청난 단어가 쉬워진 세상이 서글픕니다. 친구 남용하지도 말고 오용하지도 맙시다. 친구는 위급할 때 약이 되거든요.

교류가 없는데 친구 목록에 있으면 불편한 일입니다. 그런데 클릭 한 번으로 내 이름이 지워진다면 참 서글픕니다. 친구 삭제는 관계 유지의 문제입니다. 관계를 용이하기 위해 발달한 것이 소셜 네트워크라면, 온라인에서도 관계 유지가 힘든 친구들은 관계 형성에 문제가 있었던 모양입니다. 친구 삭제는 처음부터 예방할 수 있었습니다.

명함을 받기 위해 명함을 줍니다. 친구 요청이 들어왔기에 수락합니다. 전화번호가 떴기에 저장합니다. 명함 수가, 팔로워 수가, 저장번호 수가 나의 관계를 말하지 않습니다. 관계 맺기가 친구 삭제로 되기까지 간과한 단어는 바로 '공감'입니다.

함께 숲속 나무 아래 벤치에 앉아 두런두런 이야기를 나누는 친구가 있습니다. 이 숲이 얼마나 넓은지, 이 나무의 그늘이 얼마나 좋은지, 이 벤치가 얼마나 편한지 서로 마음을 주고받아야 친구입니다. 호모 로쿠엔스는 호모 모빌리쿠스로 진화했습니다. 말하는 동물 인간은 휴대전화를 통해 활동하는 인간으로 진화했고 이제 스마트폰으로 관계를 맺고 끊는 인간으로 진화하고 있습니다. 그런데 사람들은 더 외롭다고 합니다. 외로움을 이유로 스스로 세상을 떠나기도 합니다. 친구를 삭제하는 세상, 어떤 마음으로 살아가야 할까요? 내가 실행한 'unfriend'는 누군가에 의해 내가 'be unfriended' 된다는 것입니다. 어느 날 친구의 사진이 안 보일 때, 나는 공감벤치에 앉지 않은 것을 후회합니다.

공감 2

10분 관계 ° 학교에 갑니다. 등굣길에 친구를 만납니다. 잠에서 덜 깬 친구는 눈만 마주칩니다. 수업이 시작됩니다. 누구는 공부하고 누구는 잡니다. 쉬는 시간입니다. 누구는 말하고 누구는 잡니다. 10분짜리 쉬는 시간이 반복됩니다. 점심시간입니다. 식당으로 가는 길에 몇 마디 나눕니다. 배식을 기다리며 몇 마디 나눕니다. 점심을 먹으며 몇 마디 나눕니다. 점심을 다 먹으면 10분이 남습니다. 잠깐 공을 차다 들어갑니다. 또 10분짜리 쉬는 시간이 몇 번 지나갑니다. 학교가 끝나고 교문 앞에서 기다리던 학원 차를 탑니다. 차 안에서 몇 마디 말을 나눕니다. 학원 수업이 시작됩니다. 학원 쉬는 시간, 편의점에서 삼각 김밥을 먹으며 몇 마디 나눕니다. 10분입니다. 쉬는 시간을 기다리는 학원 수업이 반복되고 집으로 돌아가는 학원 차를 탑니다. 집에 갈 때까지 10분 동안 이야기를 나눕니다. 10분 대화의 상대는 매번 바뀝니다.

대한민국 청소년의 일과입니다. 어린이도 크게 다르지 않습니다. 아이들에게 주어진 시간은 10분입니다. 쉬는 시간, 점심시간, 학원 가는 시간, 학원과 학원 사이, 심지어 놀이터에서조차 10분의 여유밖에 없습니다. 그 10분 동안 관계를 형성하고 관계를 유지하고 관계를 끊기도 합니다. 매번 다른 아이들과 똑같은 대화를 나누곤 합니다. 그래서 어떻게 관계를 형성하는지 잘 모릅니다. 10분 동안 할 수 있는 일도 많지만 제대로 할 수 있는 일은 많지 않습니다. 누구나 다른 사람의 마음을 읽고 내 마음을 보여주기에 10분은 턱없이 부족한 시간입니다. 학창시절 10분 관계에 익숙한 아이들이 성인이 되어 사회생활에서 어떤 관계를 어떻게 맺을지 걱정입니다.

스쳐 지나가는 관계가 있습니다. 커피 전문점의 종업원, 버스 기사, 떡볶이집 아주머니, 택배 배달원처럼 한두 번 만나고 마는 관계입니다. 대신 규칙적으로 만나는 관계가 있습니다. 옆집 아저씨, 아파트 경비원, 직장에서 인사를 나누는 동료, 거래처 고객. 그들과는 일 혹은 이웃의 관계를 맺습니다. 그런가 하면 삶을 만드는 관계가 있습니다. 부모님, 형제, 스승, 절친한 친구, 멘토, 직장 상사. 이들은 내 삶에 중요한 역할을 해왔고, 하고 있으며, 하게 될 것입니다. 10분으로 충분한 관계는 어디까지입니까?

물론 한 시간을 함께하고, 1박 2일을 함께 보낸다고 충분히 친밀한 관계가 형성되는 것은 아닙니다. 시간만이 관계 형성의 절대적인 요인은 아닙니다. 하지만 아이들은 친구를 아주 가까운 거리로 당겨놓을 겨를이 없습니다. 또한 친구와의 최적의 거리를 산출할 여유도 없습니다. 그냥 그 거리 그 관계로 만족하고 사는지도 모르겠습니다.

관계는 형성시기에 삐걱거리기 마련입니다. 관계 형성에 어려움이 있으면 시간이 필요합니다. 하지만 10분 관계에서는 자칫 흔들리면 바로 포기합니다. 삐걱거리는 관계까지 바로잡을 수 있는 시간이 충분하지 않기 때문입니다. 이식받은 장기를 받아들이기 위해서는 면역 억제제를 먹어야 합니다. 관계 형성도 마찬가지입니다. 언어와 공감을 통한 면역 억제제가 필요합니다. 하지만 10분은 너무 짧습니다. 차라리 누군가의 책 제목처럼 11분이라도 됐으면 좋겠습니다. ✏

공감 3

880단어의 공백 ° 　사람은 1분에 120단어를 말하지만 1천 단어를 들을 수 있습니다. 누군가 120단어를 말하는 동안 880 단어의 공백은 딴 생각으로 채워집니다. 좋은 연사는 새로운 아이디어로 청중의 딴 생각과 경쟁합니다.

누군가 미리 삶을 사는 법을 알려줬다면 지금 이렇게 살고 있지는 않을 텐데, 라고 안타까워합니다. 혹시 누군가 이미 말해줬음에도 내가 듣지 않았던 것은 아닐까 돌아봅니다. 침묵을 이야기하며 소리치고 있고, 소통을 이야기하며 귀를 막고 있는 것이 바로 내 모습입니다. 당신이 세상에 귀기울일 때에야 비로소 세상에 해줄 말이 떠오를 것입니다. 분명 세상은 당신에게 이야기하고 있지만 당신은 그 이야기가 남을 위한 이야기라고 무시해버립니다. 우리는 모두 잘못 들을 가능성이 있습니다. 나는 당신의 말을 듣고 있다고 생각합니다. 그러나 실제로는 당신의 말이 아니라 내 생각에서 나오는 나 자신의 말을 듣고 있는 경우가 대부분입니다.

가끔 소리를 줄이고 영화를 봅니다. 그러면 놓쳤던 그림들이 보입니다. 때로는 그 그림들이 소리보다 더 크게 말합니다. 귀로 듣는 것보다 더 많은 것을 보고 싶습니다. 눈으로 읽고 가슴으로 느끼고 싶습니다. 다 잘되고 있다고 말하는 당신의 이마에 근심으로 접히는 주름을 보겠습니다. 몸짓이 보여주는 언어는 당신의 마음입니다. 좋은 경청을 하려면 나의 세계로부터 벗어나야 한다더군요. 먼저 당신의 세계로 들어가야 조금씩 들린다더군요. 그래야 당신의 마음이 보인다더군요. 그러려고 했습니다. 그런데 내 마음에서 빠져나가기가 이렇게 힘든 줄 미처 몰랐습니다.

상담전문가 제임스 설리번 신부는 신약성서에 나오는 '사랑'에 '경청'을 대입해 넣었습니다. 경청은 참고 기다립니다. 친절합니다. 시기하지 않고 뽐내지 않으며 교만하지 않습니다. 무례하지 않고 자기 이익을 추구하지 않으며 성내지 않고 앙심을 품지 않습니다. 불의에 기뻐하지 않고 진실을 두고 함께 기뻐합니다. 모든 것을 덮어주고 모든 것을 믿으며 모든 것을 소망하며 모든 것을 견딥니다. 경청할 수 있으시겠습니까? 경청은 사랑입니다.

그 옛날 사람들은 어떻게 입장을 바꿔놓고 생각해야 한다는 것을 알았을까요? 상대방이 보고 있는 것을 내가 본다는 것. 참 힘든 일입니다. 당신의 눈으로 보고 싶은데 도무지 내 눈이 감기질 않습니다. 내 눈을 감아야 당신의 눈으로 볼 텐데요. 겨우 네 개의 눈으로 보다 보니 여전히 내 생각을 많이 하는 모양입니다.

공감 4

토론은 포용 ° 언젠가 텔레비전을 보다가 깜짝 놀랐습니다. 대학생들이 소리를 지르고 있었습니다. '토론 배틀'이라고 하더군요. 요즘 젊은이들 사이에 '배틀'이라는 표현은 자연스러운 단어가 되었습니다만 굳이 토론 뒤에 전투라는 단어를 붙여야 했을까 싶었습니다. 한참 보고 나니 가히 전투라는 단어가 어울린다 싶었습니다.

물론 안타까웠습니다. 학생들은 정해진 주제로 서로 찬성과 반대 입장으로 나뉘어 토론을 진행했습니다. 눈에 불을 켜고 덤벼들어 반드시 이기고야 말겠다는 열정이 그대로 보였습니다. 강한 어조로 자신들의 주장을 내세워 상대의 기를 제압하려고 했습니다. 방청객들은 콜로세움에 모인 사람들처럼 보였습니다. 상대를 제압하는 한마디에 환호성을 지르며 짙은 패색을 즐겼습니다. 결국 방청객의 평가로 승리의 환호와 패배의 울분이 나뉘었습니다. 안타까웠습니다.

갑자기 토론의 정확한 뜻이 궁금해졌습니다. '토의討議'는 어떤 문제에 대하여 검토하고 협의하는 것을 말하고, '토론討論'은 어떤 문제에 대하여 여러 사람이 각각 의견을 말하며 논의하는 것을 말합니다. 토의는 협의가 목적이고 토론은 설득이 목적입니다. 다른 주장을 가지고 있는 사람들의 생각을 바꾸는 것입니다.

토론의 목적은 설득인데 왜 전투라는 단어가 붙었을까요? 전쟁은 설득작업이 아니라 소멸작업입니다. 어려서부터 자연스럽게 토론 문화를 배워가는 서양의 교육제도를 그토록 부러워하면서 우리는 토론을 전투하듯 가르치고 있습니다. 물론 서양에도 토론 대회가 있습니다. 그들의 대회와 우리의 '배틀'이 어떻게 다른지 짚기보다 그저 전투하듯이 토론하는 우리 대학생들이 안쓰러워졌습니다. 눈물 흘리며 울분을 삼키는 패배한 학생들은 어떤 마음으로 다음을 준비할까요? 눈에 독기를 품고 말하기 연습을 하는 학생들의 모습이 눈에 선합니다.

컴퍼스로 두 개의 원을 그립니다. 두 원은 서로 떨어져 있습니다. 두 원의 중심점이 지름의 길이의 합보다 더 떨어져 있기 때문입니다. 중심점은 관점입니다. 지름은 포용력입니다. 중심점의 거리가 가까워지거나 지름의 길이를 늘려야 두 원은 서로 겹쳐집니다. 참 다행인 것은 컴퍼스가 자유로운 두 다리를 가졌다는 것입니다. 그 두 다리로 우리의 포용력을 늘릴 수 있습니다.

토론은 중심점을 옮기거나 지름을 늘리는 작업입니다. 공유공간이 넓어지도록 말입니다. 토론은 싸우는 것이 아니라 상대방이 관점을 조정하거나 포용력을 넓힐 수 있도록 설득하는 작업입니다. 많은 일들에서 공유공간을 넓게 만들어 선한 합의점에 도달했으면 좋겠습니다. 토론을 전투로 생각하고 승패에만 얽매인다면 공유공간을 만들기 위한 설득작업이 아니라 상대방의 원을 지워버리기 위한 소멸작업이 되는 셈입니다. 토론은 전투가 아닌 화합입니다. 승자와 패자로 구분하기 위한 과정이 아니라 서로 하나가 되기 위한 방법이요 과정입니다. 서로를 받아들이고 서로를 녹여내는 토론이 그립습니다. 토론의 평가는 방청객들이 잘했다 못했다 점수를 매기는 것이 아니라 상대방의 생각이 얼마나 변하고 내 포용력이 얼마나 커졌는지를 알아봐야 하는 것입니다. 요즘은 토론하는 법을 초등학교 때부터 배운다고 합니다. 첫 단추가 잘못 끼워질까 봐 심하게 걱정됩니다. 무엇을 어디서부터 고쳐야 하는 것인지 잘 모르겠습니다.

공감 5

언어 소금통 °

의사가 수술의 위험을 말할 때, 생존율 90퍼센트라고 말한 경우는 대부분 수술을 선택했고, 사망률 10퍼센트라고 말한 경우는 대부분 수술을 받지 않았습니다.

부정적인 단어는 아무리 숫자로 위장해도 긍정적인 단어를 이길 수 없습니다. 문 닫은 가게 앞에 '오늘은 쉽니다'보다 '내일 뵙겠습니다'가 어떨까요? '고장'보다는 '수리 중'이 낫고, '폐업 정리'보다는 '새 출발 마무리'가 낫겠죠?

부정적인 소식이 긍정적인 소식보다 달리기를 훨씬 잘합니다. 부정적인 소식은 이야기를 들으면 자동저장이 되고 긍정적인 소식은 이야기를 듣고 저장을 눌러야 합니다. 내가 당신을 만날 때마다 남의 흉부터 보는 이유입니다.

사람은 여섯 살까지 3천 번의 부정 언어를 듣고 평균 10분에 세 번씩 거짓말을 한답니다. 또한 사람은 마음의 15퍼센트만 표현한답니다. 그 숫자를 도무지 믿을 수 없습니다. 사람마다 다르기 때문입니다.

당신 중심으로 당신 입장에서 당신을 주어로 말하면 관심의 언어입니다. 내 중심으로 내 입장에서 나를 주어로 말한다면 당연히 간섭의 언어입니다. 지금 대화가 누군가에게 특별하다면 화제를 바꾸지 않겠습니다. 하지만 지금 대화가 누군가를 민망하게 한다면 반드시 화제를 바꾸겠습니다. 대화는 우리가 함께하는 것이니까요.

무슨 이야기를 해야 할지 모르겠으면 지난 몇 시간 동안 무얼 했는지 물어보십시오. 그 누구도 지난 몇 시간 동안 한 일을 모르는 사람은 없습니다. 하다못해 아무것도 안 했다는 이야기라도 할 겁니다. 말의 궁극적인 목적은 다른 사람을 위한 배려입니다.

박완서 선생님께서 이런 글을 쓰셨더군요.

주님 하필 왜 소금이 되라 하십니까? 저는 싫습니다.

저는 나름대로 빛나고 싶고, 사랑받고 싶고, 존경받고도 싶습니다.

꽃이고 싶고, 별이고 싶고, 나무이고 싶고, 파도이고 싶습니다.

왜 세상 만물 하도 많은 것 중에, 왜 하필 소금이라뇨?

왜 그렇게도 싫으냐고요?

우선 소금이 소금된 보람을 느끼려면, 자기의 모습을 드러내지 않고 숨어 있어야 하니까요.

모습이 드러나 굳어 말라버린 소금이라도 되어보세요,

다들 그 음식은 먹어보지도 않고, 얼굴을 찡그릴 테니까요.

그럼에도 불구하고 만일 짠맛을 잃어보세요. 주님 말씀대로 당장 버림받겠죠.

제 구실을 해도 인기가 없고, 그 단 한 가지 구실 외에는 아무짝에도 쓸모가 없고,

제 몸을 숨기고, 남에게 스며듦으로써, 남을 썩지 않게 만들라니, 억울해서도 못하겠습니다.

어떻게 태어난 인생인데, 남 좋은 일만 하라 하십니까?

저는 주님처럼 소금이 될 자신은 없지만,

주님의 언행을 소금 삼아 간이 맞는 인간은 되려고 노력하겠으니,

다시는 소금이 되라고 하지 마십시오.

아휴, 소금처럼 살기가 이렇게 힘든 거였군요. 소금처럼 살지는 못해도 소금처럼 말했으면 좋겠습니다. 요즘 설탕처럼 말하는 사람이 너무 많아서요. 에드워드 조지 엘리어트는 "생각은 인생의 소금이다"라고 했습니다. 아하, 그래서 생각이 너무 많아도, 너무 없어도 안 되는 거였군요. 생각 없이 말하지 않겠습니다. 키 커서 싱겁단 소리를 들을 테니까요. 돈 낼 때도 너무 곰곰이 생각하지 않겠습니다. 짠돌이 소리는 싫거든요. 여러분은 언제나 소금으로 맛을 내는 것 같이 은혜롭게 말하십시오. (「골로새서 4:6」) '언어 소금통'이 필요합니다. 언어소통을 위해서 말입니다.

공감 6

○

공감 능력은 경험에서 옵니다. 나는 잠에서 깨어날 때 느끼는 숙취의 고통은 모릅니다. 하지만 오지 여행에서 모기에 수십 군데 물려 벅벅 긁어야 하는 고통은 지금도 온몸이 가려울 정도로 뼈저리게 공감합니다.

○

입 한 개, 귀 두 개, 코 한 개,
눈 두 개, 이마 한 개, 뺨 두 개, 턱 한 개
그러고 보니 입은 열 개 중에 하나입니다.
공감하는 과정은 언어적 방법 10퍼센트,
비언어적 방법 90퍼센트입니다.

○

〈127시간〉은 산악등반가 아론 랜스톤의 실화를 바탕으로 127시간 동안의 생존 사투를 담은 영화입니다. 바위틈 사이에 팔이 끼여 꼼짝 못하던 주인공이 탈출을 시도하다가 결국 무딘 등산용 칼로 자신의 팔을 절단하기로 합니다. 저는 팔이 끼여 꼼짝 못하게 된 순간부터 그 아픔이 그대로 느껴졌습니다. 공감이 발동했습니다. 절단의 순간이 다가오면서 그 아픔은 참기 힘들었습니다. 급기야 의도적으로 공감을 포기했습니다. 눈으로는 장면을 보고 있지만 '저 사람은 아프지 않다' '이것은 영화 촬영장면이다'라는 주문을 계속 반복했습니다.

시간이 흐르자 덜 아팠습니다. 공감능력을 조절한 것입니다. 가슴 아픈 현실은 우리가 대부분의 시간에 공감능력을 포기하고 산다는 것입니다.

○

잘 짠 각본을 준비하십시오.
각본을 따라 재미있게 말하십시오.
사이사이 말을 잘 들어주십시오.
과감한 배팅과 적절한 타이밍은 필수입니다.
이제 마음을 보여주십시오.
당신은 나를 설득할 수 있습니다.

○

아내와 아들과 피카소 미술관을 갔습니다. 셋이서 한참을 쳐다봤습니다. 물론 추상화를 보는 각자의 생각은 달랐습니다.

추상적인 말은 그다지 좋지 않습니다. 듣는 사람들이 다 다르게 알아들으니까요. 프랑스 철학자 알랭이 이렇게 말했습니다.

"추상적인 문체는 어떤 경우에도 좋지 않다. 당신의 문장을 돌이나 금속 의자나 테이블, 동물이나 남자 또는 여자로 채워야 한다."

○

말하지 않은 생각은 좋은 생각이 아니다. _캔 블랜차드

말하지 않은 마음도 사람들은 좋은 마음이라고 하지 않습니다.

마음은 보이지 않습니다.

들릴 뿐입니다.

○

남편과 아내 사이에는 늘 천사와 악마도 함께합니다.

천사는 부부의 사랑을 지켜보기만 합니다.

악마는 사랑은 건드리지 못하고 사랑의 확신을 건드립니다.

의심은 이별의 씨앗입니다.

의심의 치료약은 공감입니다.

○

골프의 스윙 자세는 사람마다 다 다릅니다.
큰 틀 안에서 자신의 자세를 찾는 것입니다.
말하기도, 경청도, 배려도 마찬가지입니다.
그 큰 틀은 바로 공감입니다.
다른 사람에게 충고하고 싶다면 당신도 그 사람의 충고를 들을 수 있는지 생각해보십시오.
당신의 충고의 공이 가만두어도 그에게 굴러 갈 수 있는지 생각해보십시오.
당신의 충고가 그 사람의 그릇에 담길 만큼 작은지 생각해보십시오.
그래도 하고 싶으면 30분 후에 하십시오.
30분이 지났다면, 이제는 당신의 충고에 가시가 없는지도 생각해보십시오.

○

악수할 때 둘째 손가락을 내밀어 당신의 맥을 짚겠습니다.
그러면 당신의 마음의 심박동을 느낍니다.
당신과 악수하는 나는 지금 당신의 마음을 듣고 있습니다.

○

여기 쓰는 글마다 듣는 사람을 주어로 말하려고 했는데,
대부분 실패로군요.
당신 중심으로 말하기가 이렇게 힘들 줄 몰랐습니다.

○

아들이 네 살 때였습니다. 처제와 놀던 아들이 갑자기 소리를 지르며 울기 시작했습니다. 팔이 빠진 모양이었습니다. 아들은 흐드러지게 울었고, 병원에 가지 않겠다면서 더 크게 울었습니다. 저는 호통을 쳐서라도 데리고 가려고 했습니다. 아내는 아들을 끌어안고 달랬습니다. 병원에 가는 것은 엄마도 싫다고, 하지만 엄마가 무서운 곳에 데려간 적이 있느냐고 물었습니다. 그리고 지금 아픈 팔이 병원에 가면 아프지 않게 된다고 나직한 소리로 말했습니다. 저는 흥분을 가라앉히고 아들의 표정을 살폈습니다. 고개를 끄덕였습니다. 그즈음 장인이 처제를 크게 혼냈습니다. 눈물 글썽이는 처제는 제가 달랬습니다. 다 그럴 수 있다고, 괜찮다고, 염려하지 말라고. 상대방의 감정을 헤아려서 감정을 지불하는 것, 우리가 매순간 신경 써야 할 우선순위입니다.

○

빵 굽는 냄새가 집 안을 휘감았습니다. 리처드 할아버지는 모처럼 방문한 처제를 대접하기 위해 빵을 구웠습니다. 아내가 세상을 떠난 후 처음이었습니다. 오늘 따라 잘 구워진 것 같아 기분이 좋았습니다.

"자, 편히 들어요. 바삭하니 잘 구워진 것 같아."

"고마워요. 형부 먼저 드세요. 형부는 속살만 드시지요? 자, 이거."

"무슨 소리야? 처제, 난 겉을 더 좋아해요."

"언니 살아계실 때 형부는 속살만 드신다고 했던 걸로 기억하는데요."

"그땐 그랬지. 언니가 빵 껍질을 워낙 좋아하니까 난 속살만 먹겠다고 했던 거지. 근데 난 겉이 더 맛있어."

"네? 언니는 빵 속을 더 좋아해요. 형부가 속살이 더 좋다고 하셔서 껍질만 먹은 거예요. 결혼 전에는 속살만 먹었다고요."

"그럼 그 늙은이 평생 좋아하지도 않는 껍질만 먹다 갔다는 거요? 이런, 나야 지금이라도 좋아하는 것 먹지만 죽을 때까지 나 위한다고 좋아하지도 않는 걸 먹었으니. 불쌍한 할망구 같으니라고."

부부는 같은 마음이었습니다. 상대방이 더 좋아하는 것을 먹기 원했습니다. 함께 수십 년을 산 부부였지만 서로 좋아하는 것을 양보하다 보니 서로 싫어하는 것을 먹고 살았습니다. 마음을 말하기가 그렇게 힘들었던 모양입니다. 짐작하지 마십시오. 상대의 마음이 보이지 않으면 내 마음을 먼저 말하십시오. 그러면 상대의 마음이 보입니다. 어쩌면 지금 당신의 집에서도 같은 일이 벌어지고 있는지도 모릅니다.

○

부부가 싸울 때 아이가 느끼는 공포는 전쟁터의 죽음을 보는 것과 비슷하답니다. 행복한 가정에서 자란 아이가 50대에 성인병에 걸릴 확률은 7퍼센트, 불행한 가정에서 자란 아이가 50대에 성인병에 걸릴 확률은 87퍼센트.

도무지 이 숫자를 믿고 싶지는 않습니다. 하지만 아이 앞에서 아내와 싸우지는 않겠습니다.

○

나의 아버지가 했고, 내가 아들에게 하는 거짓말.

'너는 아직 어려서 몰라, 크면 다 알게 돼.'

'공부해서 남 주냐?'

'너만 잘 되면 죽어도 소원이 없겠다.'

그러니까 마음을 읽으시라고요.

○

아내가 진심으로 원하는 것은 남편의 사과가 아니라
남편의 마음이 미안함을 느끼는 것입니다.

○

운전을 하다가 신호등 앞에 섰습니다. 누군가가 휴대전화 작업을 하며 길을 건너고 있었습니다. '뭐 급한 일이라고 횡단보도에서 저렇게…… 위험한데…….' 혼잣말이었습니다.

세 시간 후, 신호등을 건너며 문자를 보내고 있는 제 자신을 발견했습니다. 급한 일도, 중요한 일도 아닌데 말입니다. 절대로 남 말 할 것 못 됩니다.

○

순진한 사람들은 다른 사람들이
자신처럼 행동할 것이라고 착각하고
순수한 사람들은 다른 사람들이
자신처럼 행동하지 않는다고 화를 냅니다.
믿음은 마음에서 만들어지고
오해는 머리에서 만들어집니다.
마음으로 마음을 듣습니다.

MC

MC 1

사람을 보여주다 ° 이윤엽의 판화 〈연꽃 든 사람〉은 “여기 사람이 있다”고 외치고 있습니다. 우리는 사람이 보이지 않는 세상에 살고 있습니다. 컴퓨터 속에는 이야기만 보입니다. 책 속에는 글만 있습니다. 기계 속에는 과학만 눈에 띕니다. 책을 읽어도 작가의 퍼스낼리티가 보이지 않습니다. 기사를 읽어도 기자는 안 보입니다. 사람을 다루는 사람은 없습니다. 세상에서는 정치, 사회, 문화만 보입니다. 도대체 사람은 어디서 찾아야 할까요? 이제 TV에서 사람을 보고 싶습니다. “여기 사람이 있다”고 외치고 싶습니다. 그것이 바로 교양 프로그램 MC가 해야 할 일입니다. 사람을 보여주는 사람이 되겠습니다.

MC 2

MC의 자격 ° 텔레비전에서 그림이 나오고 소리가 나옵니다. 그 그림과 소리에서 사람들은 어떤 것을 기대합니까? 어떤 것을 듣고 싶어하고, 무엇을 보고 싶어합니까? 우리는 시청자들이 원하는 것을 헤아려야 합니다. 그들이 듣고 싶은 말을 들려주고, 보고 싶어하는 것을 보여주어야 합니다. 이것이 바로 MC가 해야 할 일입니다. 텔레비전에는 많은 프로그램이 있습니다. 뉴스와 드라마, 스포츠 중계, 다큐멘터리, 그리고 진행자가 필요한 프로그램이 있습니다. 진행자가 필요한 프로그램에서 진행자는 어떤 모습으로 어떤 역할을 해야 하는지 생각해보겠습니다.

다른 책이나 글에서 상투적으로 말하는 MC의 정의나 교양프로그램의 정의 같은 것은 다루지 않겠습니다. 그리고 프로그램의 앞뒤에 해야 할 일들과 같은 일반적인 사항도 언급하지 않겠습니다. 여러분이 더 잘 알고 있을 것입니다. 조금 다르게 접근하겠습니다. 우리가 어떤 시각으로 교양 MC를 바라보고 이야기해야 하는가만 집중하겠습니다.

그러면 먼저 '진행자가 있는 프로그램'을 크게 네 가지로 나누어보겠습니다. 프로그램 분류에 따른 진행자의 유형입니다.

저널리즘 프로그램 MC, 엔터테인먼트 프로그램 MC, 인포메이션 프로그램 MC, 휴머니즘 프로그램 MC.

자세한 정의를 내리지 않아도 금세 알 수 있습니다. 우리는 흔히 저널리즘 프로그램을 시사프로그램, 엔터테인먼트 프로그램을 예능 프로그램이라고 합니다. 그리고 인포메이션 프로그램과 휴머니즘 프로그램을 일반적인 범주에서 교양 프로그램으로 분류합니다. 물론 요즘은 여러 요소들이 적절히 혼합된 이른바 퓨전 프로그램들도 있습니다. 정보성 혹은 시사성을 띤 예능 프로그램처럼 말입니다. 실제 방송현장에서 아나운서들은 저널리즘 프로그램의 경우 기자나 전문가 집단과 경쟁을 펼치고, 엔터테인먼트 프로그램은 연예인 집단과 경쟁합니다. 아나운서들이 다소 약세에 있다고 할 수 있습니다. 교양 프로그램은 전문가나 연예인들도 기웃거립니다만, 주로 아나운서 출신의 방송인들과 경쟁을 벌이는, 아나운서들이 다소 우세한 영역입니다. 이 글에서는 주로 교양 프로그램 진행자에 대해서 이야기하겠습니다.

교양 프로그램은 정보성 프로그램과 휴머니즘 프로그램으로 구분할 수 있습니다. 정보성 프로그램의 경우 진행자의 역할은 아무래도 정보 제공자를 돕는 것에 국한됩니다. 화면을 통해 혹은 전문가를 통해 전해지는 정보를 이해해서 다시 전달하는 매개자 역할입니다. 반면 휴머니즘 프로그램에서는 프로그램을 통해 사람을 보여주고 감동을 주는 주체적 역할을 기대합니다. 아무래도 제가 주로 휴머니즘 프로그램을 진행하고 있는 터라 이 글은 휴머니즘 프로그램 진행자를 중심으로 이야기가 흘러갈 듯합니다.

MC 3

교양 프로그램 ° 우리끼리 이야기입니다만 요즘 교양 프로그램들은 이런 경향을 갖습니다.

1. 솔직하지 않고 2. 재미있지도 않고 3. 천편일률적입니다.

긴 말 필요 없습니다. 그렇기 때문에 우리는 이런 교양 프로그램 진행자를 기대하고 있는지도 모릅니다.

1. 웃음이 있고 2. 속내를 드러내며 3. 스토리를 엮어낼 줄 아는 오래된 친구 같은 사람 말입니다.

MC 4

진행자의 자세 °

주인의식이 필요하다

프로그램의 주인은 진행자입니다. 주인의식을 가지고 프로그램의 전반적인 사항을 통제할 수 있어야 합니다. 프로그램 준비를 위한 제작진과의 회의부터 사후처리까지 주도적으로 참여해야 합니다. 손님이 왕이듯 출연자를 왕으로 모시며 출연자 중심으로 분위기를 이끌어 가되, 손님을 정성스럽게 모시는 주인의 마음으로 진행해야 합니다.

큰 그림을 그려야 한다

진행자는 말 몇 마디 하는 것이 전부가 아닙니다. 프로그램의 시작부터 끝까지 큰 그림을 그리는 사람이 되어야 합니다. 한 마디로 나무에 연연하는 것이 아니라 숲을 보고 진행해야 합니다. 나무 한 그루에 깊은 관심을 갖되 숲을 울창하게 만들어가는 넓은 시야가 필요합니다.

진정성이 필요하다

시청자들은 출연자의 진정성을 읽을 수 있습니다. 진행자는 진솔하게 마음을 표현하며 겸손한 마음으로 출연자를 대하고 시청자를 대해야 합니다. 진정성 없는 사람에게 누가 가슴을 열고 자신의 이야기를 하겠습니까? 진정성을 가진 진행자만이 프로그램을 통해 사람을 보여줄 수 있습니다.

들러리의 기쁨을 느껴라

프로그램의 주인의식을 갖되 출연자인 손님을 잘 모셔야 합니다. 출연자가 시청자들에게 마음을 열고 진심으로 다가갈 수 있도록 돕는 들러리 역할을 해야 합니다. 진행자는 장미꽃이 되기보다 장미를 빛나게 하는 안개꽃 자리에 머무를 때 더욱 돋보입니다. 시청자들의 박수는 출연자를 위한 것입니다.

모든 구성원을 배려하라

프로그램은 진행자와 출연자만 잘한다고 되는 것이 아니라 모든 구성원이 함께합니다. 박수를 담당하는 객석, 이야기를 돕는 패널, 제작진과 여러 분야의 스태프들, 심지어 시청자들까지 소외되는 사람 없이 모든 구성원을 배려하고 있다는 마음을 느끼게 해야 합니다. 진행자나 출연자만을 위한 방송이 아니라 모두 함께 만들고 있다는 느낌을 갖게 해야 합니다.

보는 이들의 마음을 헤아려라

시청자들이 원하는 바가 무엇인지 헤아려야 합니다. 시사 프로그램에서는 촌철살인의 분석이 필요합니다. 예능 프로그램에서는 순간적인 재미가 필요합니다. 정보 프로그램에서는 일상생활에 필요한 정보가 전달되어야 합니다. 휴머니즘 프로그램에서는 사람의 마음을 움직이는 감동과 메시지가 필요합니다. 진행자는 시청자들의 마음을 알아야 합니다.

열린 마음으로 공감하라

소통이 필요한 시대입니다. 진행자와 출연자가 서로 열린 마음으로 소통해야 시청자들도 열린 마음으로 프로그램에 공감할 수 있습니다. 출연자의 마음을 열고자 하는 진솔한 마음으로 프로그램을 통해 출연자와 시청자가 소통할 수 있도록 돕습니다. 이러한 자세를 갖는 진행자는 언어를 통해 자신의 생각을 표현합니다. ✎

MC 5

진행자의 언어특성 °

간결 MC의 말이 길어지면 시청자는 지루해지고 출연자를 향한 관심이 떨어집니다. MC의 말, 특히 질문은 간결할수록 전달이 잘 됩니다. 중언부언하지 않도록 합니다.

참신 이 세상은 다양한 사람들이 다양한 생각과 모습으로 살아갑니다. 많은 것들이 쏟아져 나옵니다. 그 중에서 눈에 띄기 위해서는 참신하고 신선해야 합니다. 사람들에게 의외성의 매력을 보여줄 수 있도록 차별화된 나만의 모습, 새로운 것을 추구하십시오.

정확 정확성은 내용과 표현에 모두 필요합니다. 진행자가 말하는 내용은 모두 인정할 수 있는 사실이어야 합니다. 과학적인 검증이 필요한 이야기는 삼가는 것이 좋습니다. 아울러 바르게 표현되어야 합니다. 정확한 표현은 내용의 가치를 높여줍니다.

단순 사람들은 복잡한 것을 좋아하지 않습니다. 시청자들이 이해하기 위해 많이 생각하지 않도록 단순하게 표현하십시오. 어려운 전문용어나 한자 표현은 되도록 줄이고 쉽게 풀어 설명하십시오. 단순한 표현은 머리를 거치지 않고 곧장 마음으로 갑니다.

재미 현대사회는 재미를 추구하는 사회입니다. 재미가 예능 프로그램의 전유물이라는 착각은 버리십시오. 개그맨의 전유물은 더더욱 아닙니다. 웃음을 끌어내십시오. 교양 프로그램에서도 적어도 10분에 한 번은 웃음이 터져야 시청자들의 마음을 사로잡을 수 있습니다.

가치 단순한 재미보다는 가치를 찾아야 합니다. 시청자들이 교양 프로그램에 거는 기대치가 있습니다. 생각 없이 내뱉는 상투적인 말이 아니라 상황과 표현에서 가치를 드러내십시오. 출연자의 이야기를 정리하는 주옥같은 짧은 어록이 진행자 입을 통해 나와야 합니다.

자연스러움 방송의 핵심은 자연스러움입니다. 자연스럽지 않은 방송은 인공미가 느껴지고 작위적으로 보이며 진정성을 표현하기 어렵습니다. 읽지 말고 말하십시오. 질문하지 말고 대화하십시오. 진행자가 자연스러울 때 출연자가 자연스러워지고 시청자가 편안해집니다.

진행자의 태도 °　　물론 이런 것이 쉬운 일은 아닙니다. 더욱이 글로 표현하니 다소 추상적인 느낌마저 듭니다. 그러면 빠른 이해를 돕기 위해 이번에는 제가 진행하는 〈아침마당〉을 진행하는 태도를 정리해보겠습니다.

방청객과의 소통으로 주변 사람들을 내 편으로 만든다

스튜디오에 들어서자마자 객석의 방청객들과 인사를 나누고 몇 마디 농담을 던집니다. 솔직히 이른 아침부터 많지도 않은 돈을 받고 방송국까지 나와주는 방청객들은 참 고마운 분들입니다. 이들의 입장이 존중되고 마음이 열려야 프로그램이 활기 넘칩니다. 진행자가 객석의 존재를 소중히 여기고 있다는 것을 알려줄 필요가 있습니다. 진행자의 최고의 파트너는 열려 있는 방청객입니다. 프로그램의 성패는 객석 반응에 달려 있습니다.

간단한 대화로 출연자의 성향을 신속하게 파악한다

다음으로 출연자와 인사를 나누고 가벼운 대화를 시도합니다. 우스갯소리도 던져보고 궁금한 것도 물어봅니다. 원고에 없는 내용으로 출연자의 임기응변 능력도 파악합니다. 출연자의 유머 감각이나 순발력은 어느 정도인지, 긴장하고 있는 것은 아닌지, 가벼운 대화로 출연자의 성향과 상태를 파악하는 일은 무척 중요합니다.

초반에 가벼운 유머로 출연자의 마음의 문을 열어놓는다

아무리 방송 경험이 많은 출연자도 생방송에서는 긴장하기 마련입니다. 더욱이 원고에 있는 질문으로 시작하면 원고에 얽매인다는 인상을 줄 수 있습니다. 출연자가 쌓아놓은 성벽을 허물어야 합니다. 친근한 방법으로 자발적으로 성문을 열게끔 도와주어야 합니다. 따라서 초반 질문은 가벼운 웃음을 유도하는 질문이나 간단한 상황 설명이 좋습니다. 출연자의 마음의 문을 열지 않고는 프로그램을 끌고 갈 수 없습니다.

출연자가 하고 싶은 이야기를 먼저 하게 한다

초반에 강하게 들어가는 'Strong Start'가 요즘 방송계의 대세입니다. 그래야 시청자들의 눈길을 사로잡기에 좋거든요. 빙 돌아서 가지 말고 곧바로 갑니다. 아울러 출연자가 꼭 하고 싶은 이야기가 있을 때는 그 부분을 먼저 짚어줍니다. 그렇지 않으면 출연자가 그 생각에 얽매여 대화를 원활하게 풀어가지 못하기 때문입니다.

감동의 느낌은 반복하고 질문은 짧게 한다

감동의 느낌은 길수록 좋습니다. 그 안에 있는 '사람'을 보여주기 좋기 때문입니다. 출연자의 감정의 폭이 시청자들에게 충분히 전달되는 것이 좋습니다. 물론 진행자의 질문은 짧게 하는 것이 좋습니다. 진행자의 느낌이나 상황 정리도 늘어지면 안 됩니다. 진행자는 무엇이든 긴 말이 필요 없습니다.

질문으로 웃기려 하지 않고 웃기는 답변을 유도한다

교양 프로그램에서 웃음은 꼭 필요합니다. 반드시 진행자가 웃길 필요는 없습니다. 혼자만 웃기려고 애쓰지 말고 때로는 재미있고 엉뚱한 답변이 나올 수 있는 질문을 던져 출연자가 재미있는 사람임을 알려줍니다. 진행자에게는 다음에도 기회가 있지만 출연자에게는 오늘이 처음이자 마지막 기회일 수 있습니다.

내 이야기를 털어놓고 출연자보다 낮은 곳을 선점한다

필요한 경우 진행자의 솔직한 고백이 출연자의 마음을 편하게 합니다. 때로는 진행자가 부족하거나 모자란 모습을 보여줘서 출연자보다 낮은 곳에 가 기다리면 출연자가 하기 어려운 이야기들을 잘 꺼낼 수 있습니다. 진행자는 출연자보다 위에 있어서는 안 됩니다.

최대한 몰입 경청하여 다음 질문을 연결시킨다

출연자의 이야기에 최대한 몰입합니다. 듣기만 하는 것이 아니라 잘 보아야 합니다. 출연자의 표정을 유심히 관찰함으로써 감정의 변화를 읽고 출연자의 이야기를 통해 다음 질문을 가지치기 합니다. 원고에만 얽매이지 말고 출연자와 자연스러운 대화를 만들어갑니다.

아픈 이야기는 바로 받지 말고 여유를 갖고 진행한다

출연자가 쉽게 하기 힘든 고백을 했을 때, 혹은 눈물을 흘릴 때는 감정적으로 소화할 수 있는 시간을 충분히 주어야 합니다. 바로 받아쳐서 상황을 급속하게 전개시키면 출연자가 마음을 추스르지 못해 당황하게 됩니다. 출연자에게 충분히 감정이입하여 공감하는 표현을 하고 패널에게 질문을 넘기거나 상황을 정리하는 유연성이 필요합니다.

출연자의 심기가 불편할 때는 패널을 적극 활용한다

출연자의 이야기가 잘 안 풀리거나 스스로 방송 자체를 불편해할 때, 혹은 곤혹스러운 질문을 받았을 때나 난처한 상황이 되었을 때는 이야기 손님이나 방청객을 충분히 활용하여 분위기를 유연하게 풀어갑니다. 모든 관심이 출연자에게만 집중되고 있는 것이 아님을 알려주어 지나친 부담에서 벗어나도록 돕습니다.

칭찬과 격려로 출연자의 삶에 의미를 부여한다

마무리가 중요합니다. 어떤 이야기가 나왔든 출연자의 이야기에 대한 칭찬과 격려로 출연자의 삶에 의미를 부여하고 내용 있는 메시지로 바꿔 감동을 전달하는 마무리가 중요합니다. 꿈보다 해몽이라는 말이 떠오르도록 멋진 마무리를 합니다.

출연자와 객석에게 감사 표시를 충분히 한다

방송이 끝난 이후에도 스튜디오에 있는 모든 사람들은 존중받아 마땅합니다. 출연자는 물론이고 방청객과 모든 스태프에게도 감사 표현은 충분히 이루어져야 합니다. 어찌 보면 프로그램 진행에서 가장 힘든 것은 인물 인터뷰입니다. 진행자와 출연자 간에 원활한 소통이 이루어져야 하기 때문입니다.

MC 7

인터뷰어의 자세 °

거울로 상대의 모습을 비춰주려고 노력한다

진행자는 출연자를 거울로 비춰줄 수 있어야 합니다. 단순히 정해진 질문 몇 가지만 줄줄 말하고 있다는 생각이나 자신의 이야기를 경청하지 않고 있다는 느낌을 출연자가 받으면 인터뷰는 수박 겉핥기식으로 흘러갈 수 있습니다. 서로 마음으로 대화하고 있다는 것을 출연자가 인식하고 시청자들이 느끼도록 돕습니다.

환경이 아닌 그 속에 있는 사람을 보고 있음을 알려준다

때로는 초대 손님이 부끄러운 과거나 노출하기 쉽지 않은 상황을 이야기할 때가 있습니다. 그럴 때일수록 환경이 아닌 사람을 보고 있음을 출연자가 인식하도록 돕습니다. 아울러 시청자도 그 사람의 환경에만 얽매여서 출연자를 비난하거나 비하할 수 있는 상황에서 그 속에 있는 사람을 볼 수 있도록 돕는 감정적 교류가 필요합니다. 진행자와 출연자의 소통을 시청자가 공감할 수 있도록 전달합니다.

〈아침마당〉에서 만난 한 가수의 인생의 고비는 아버지였습니다. 아버지의 부끄러운 과거가 마음을 다잡게 했고, 자신의 오늘을 만들었다는 이야기를 눈물로 진솔하게 풀어냈습니다. 방송이 끝나고 인터넷 게시판에는 눈물 어린 사연이 많이 올라왔습니다. 비슷한 어린 시절을 보낸 시청자들이 그동안 말 못하고 끙끙 앓던 가슴앓이를 그녀의 자기노출을 통해 훌훌 털어냈던 것입니다. 출연자의 자기노출은 시청자들에게 위로와 치유를 전달합니다.

때에 따라 상대방이 주도권을 쥐고 있음을 느끼게 한다

출연자는 어떤 상황에서도 긴장하게 됩니다. 이야기 손님과 진행자는 평소 친숙한 관계이지만 출연자는 어색함을 느끼기 쉽습니다. 아울러 자신이 취조받는 것 같은 수동적 느낌을 받을 수도 있습니다. 그럴 때일수록 출연자가 주도권을 갖고 있다는 것을 느낄 수 있도록 상황을 만들어줍니다. 출연자가 주도할 때 프로그램이 더 활기 넘치게 됩니다.

MC 8

MC의 마음가짐 ° 　이제 정리하겠습니다. 교양 프로그램은 TV 문화에서 큰 비중을 차지합니다. 프로그램 내에서 차지하는 진행자의 비중은 새삼 말할 필요도 없습니다. 교양 프로그램이나 진행자에게 요구되는 절대적인 규칙이나 조건은 없습니다. 모두 상황이 다르고, 개인적인 차이가 있고 주관적인 요소가 충분히 개입되기 때문입니다. 그래도 아래 내용은 염두에 두고 프로그램을 만들고 진행해야 하지 않을까 싶습니다.

단순성은 사람들의 TV 집중력이 높지 않기 때문에 중요하다.

간결성은 사람들이 곰곰이 생각할 시간이 없기 때문에 중요하다.

참신성은 세상의 많은 것들이 천편일률적이기 때문에 중요하다.

정확성은 많은 사람들이 잘못된 정보로 인해 피해를 보기 때문에 중요하다.

오락성은 사람들의 일상이 지루하고 따분하기 때문에 중요하다.

개방성은 많은 사람들이 닫힌 마음으로 살아가고 있기 때문에 중요하다.

진정성은 사람의 마음을 헤아리는 인간관계의 기본이기 때문에 중요하다.

MC 9

마음과 마음 ° 사람의 마음을 헤아리고 싶습니다. 마음을 헤아려 사람을 먼저 생각하는 방송이 되었으면 좋겠습니다. TV에서 사람을 찾고 그 사람과 자신을 동일시하여 정체성을 발견하는 과정을 통해 세상이 아름답고 맑아졌으면 좋겠습니다. 다시 말합니다. 교양 프로그램 진행자는 "여기 사람이 있다"고 외치는 사람입니다.

MC 10

○

놓고 사는 것이 있습니다. 다른 이들은 쥐고 있는데 저는 놓고 삽니다. 마이크입니다. 맞습니다. 마이크 없이는 방송을 할 수 없지요. 때로 마이크를 꼭 잡은 누군가의 주먹이 불편했습니다. 출연자가 말할 때도 턱 밑에 마이크를 받치고 있는 누군가가 부담스러웠습니다. 마치 틈만 나면 내가 말할 것처럼, '당신이 말을 끝내야 내가 말합니다'라는 무언의 메시지.

마이크에 연연하지 않으려고 합니다. 이야기를 들을 때는, 그에게 박수를 칠 때는 마이크를 내려놓겠습니다. 마이크는 제가 평생 쥐고 사는 저의 밥줄입니다만, 이야기 듣고 박수치는 것도 저의 중요한 본분이니까요.

○

진행자의 임무는 시청자에게 자신의 정체성과 이 세상의 행동을 어떻게 연결시킬지 성찰하도록 돕는 것입니다.

방송은 본디 대화를 특성으로 합니다. 출연자가 세상에서 체험한 것과 시청자가 느끼는 것과의 대화입니다.

진행자는 그 간극을 줄이고 시청자가 출연자의 체험을 통해 세상에서 살아가는 요령과 자신감을 터득하게 하는 중개인의 역할을 감당하는 것입니다.

○

심신수양은 몸과 마음의 긍정적인 변화를 가져옵니다.

피아노를 처음 배울 때 손가락의 뻣뻣함은 연주자의 유연함을 상상할 수 없게 합니다. 힘든 연습의 고행을 넘어야 아름다운 화음이 주는 행복감도 알게 됩니다.

말하기도 연습이 필요합니다.

그런데 한 번도 해본 적이 없으시지요?

지금부터 시작하십시오.

○

꼭 해야 하는 일을 하지 않는 사람은 퇴보합니다.
반드시 해야 하는 일만 하는 사람은 현상 유지에 급급합니다.
안 해도 되는 중요한 일을 하는 사람이 성장합니다.
말하기 연습이 바로 안 해도 되는 중요한 일입니다.

○

언어연습은 생각 연습입니다. 연습은 새로운 것을 알게 된 후 반복을 통해 습득하는 과정입니다.
새로운 것이 생각나면 여러 번 말로 표현하십시오.
벌거벗은 생각에 언어의 옷을 입히는 과정입니다.

○

인생의 무게가 느껴질 때 말더듬이가 된다지요.
재일교포 학자 강상중 선생님께 배운 이야기입니다.
지난밤 기나긴 회식 뒤에는 아침에 혀가 유난히 무겁습니다.
어젯밤 이야기들이 내 삶을 누르기 때문입니다.
마음이 트여야 말이 나옵니다.
내 마음 터놓고 다른 이의 마음을 내가 받아들이렵니다.

○

미국에는 놀이연구소가 있답니다.

그곳에서 일하는 심리학자 스튜어크 브라운 박사가 이런 말을 했더군요.

인간은 놀이기능이 내장된 존재랍니다. 놀고 싶은 욕구를 무시하는 것은 잠자기를 거부하는 것만큼 위험한 일이랍니다. 안타깝게도 연쇄살인범들은 놀이의 추억이 없는 경우가 많답니다. 놀이는 일의 반대가 아니라 우울의 반대입니다. 놀이는 생존기술입니다. 일과 놀이는 섞여 있어야 하며 말은 놀이를 통해 배워야 합니다. 말을 가르치려고 하지 마십시오. 말하기는 공부가 아니라 놀이입니다. 함께 놀면 됩니다.

○

세상은 거대한 스피치 갤러리요, 언어 박물관입니다.

예술작품과 같은 문장과 콘서트 같은 스피치를 즐기십시오.

좋은 청중이 바라보는 것은 연사의 말솜씨도 내용도 몸짓도 아닙니다.

바로 말하는 사람의 마음입니다. 말하는 사람만 그 사실을 모르고 있습니다.

○

생각하는 대로 살지 않으면 머지않아 사는 대로 생각하게 된다. _폴 발레리

큰일이군요. 생각을 말로라도 표현해야겠습니다.

말한 대로 살게 되지 않을까요?

○

서울에 폭설이 내리면 오프닝에 눈 얘기를 꼭 합니다. 호남에 홍수가 나도 오프닝에 비 얘기를 하고 싶습니다. 균형, 참 쉽지는 않습니다. 그래도 모든 시청자를 똑같이 대하고 싶습니다.

○

광고의 기본은 소비자의 마음을 읽는 것입니다.

MC의 기본은 시청자의 마음을 읽는 것입니다.

이 책을 쓰는 저의 기본은 이 책을 읽는 당신에게

제 마음을 전하는 것입니다.

제 마음이 들리십니까?

○

질문이 두려우십니까?

질문자는 1분 바보가 되고,

질문하지 않는 자는 영원한 바보가 됩니다.

○

말은 누군가 듣습니다. 들으면 생각이 바뀝니다.
생각은 상대방을 인정합니다. 인정은 공감을 부릅니다.
공감은 마음을 움직입니다. 마음은 믿음을 만듭니다.
믿음은 행동을 불러옵니다.
당신의 말은 누군가를 움직이게 합니다.

○

항상, 모든, 전부…… 이런 말은 참 조심스럽습니다.
'항상'이라는 말이 항상 맞지는 않습니다.
'모든'이라는 말이 모든 것을 포함하는 건 아닙니다.
'전부'라는 말도 전부 거짓말입니다.
'항상'과 '모든'과 '전부'가 만드는 함정에
빠지지 않았으면 좋겠습니다.

○

자신의 답변에 자신의 철학을 표현하십시오.
문장을 밀도 있게 완성하여 논리적으로 연결하십시오.
적확하고 신선한 단어로 참신하게 연결하십시오.
차별화된 답변만이 질문한 사람의 머릿속에 남습니다.
느낌, 기분, 감정, 상황은 다릅니다. 다르게 답하십시오.
뼈에 구멍이 많은 것만큼 문장에 빈틈이 많은 것도 큰 문제입니다.

○

어떤 인생이든 숨기고 싶은 부끄러운 과거가 없는 삶은 없습니다.

아픈 과거마저도 내 인생의 탑을 쌓은 하나의 주춧돌입니다.
그 아픔을 훌훌 털어놓는 내 마음의 언어는
상대방의 아픈 상처를 싸매주는 붕대입니다.

○

'착한 언어 콤플렉스.'
참 말도 안 되는 이야기입니다.
좋은 말만 쓰려고 하는 것이 어떻게 열등감이 될 수 있을까요?
이런 말도 안 되는 이야기를 누가 만든 거죠?
이런, 제가 착한 언어 콤플렉스에 걸린 모양입니다.
시원하게 욕 한마디 할 수 없으니.

○

시청자는 항상 떠날 준비를 하고 있다는 것을 압니다.
그래서 여러분 한 분 한 분이 참 소중합니다.
잠시나마 저희와 함께해주셔서 감사합니다.
부디 M, S, E 다 둘러보시고 2분 후에는 다시 돌아와주십시오.

○

작은 욕망은 큰 욕망으로 이깁니다.
배불리 먹고 싶은 욕망은
복근을 만들고 싶은 욕망으로 이깁니다.
하지만 큰 욕망의 성취가 보일 때,
다시 작은 욕망이 생겨납니다.
농구에서 승리가 눈앞에 있을 때는
승리에 집착하지 말고 공에 집중합니다.
멋진 말로 프로그램을 마무리하고 싶을 때,
그냥 침묵으로 웃겠습니다.
분명 시간이 다 됐기 때문입니다.

○

MC는 프로그램의 Master주인가 아니라 Maid하인입니다.

○

MC는 자신이 말하기에 타고난 재능이 있음을 시청자들이 알아주기 원합니다. 하지만 시청자들은 말수가 적은 MC를 좋아한다는 것을 모르고 있습니다. 좋은 MC는 부정적 단어보다 긍정적 단어를, 한자 단어보다 우리말 단어를, 수직적 단어보다 수평적 단어를 좋아합니다. 계층을 나타내는 수직적 단어보다 '우리'를 포함하는 수평적 단어가 더 편안합니다.

○

책을 읽다 보면 교과서를 읽고 있는 느낌이 들 때가 있습니다.

어떤 책은 사람을 읽고 있는 느낌이 듭니다.

책에 인품과 성품이 살아 숨쉬고

금방이라도 달려가 지은이를 만나고 싶어지는 책이 있습니다.

출연자는 진행자에게 책입니다.

세상이 줄 수 없는 지혜와 감동을 출연자에게 배웁니다.

저는 매일 아침 '사람책'을 읽습니다.

그 책들이 저를 만듭니다.

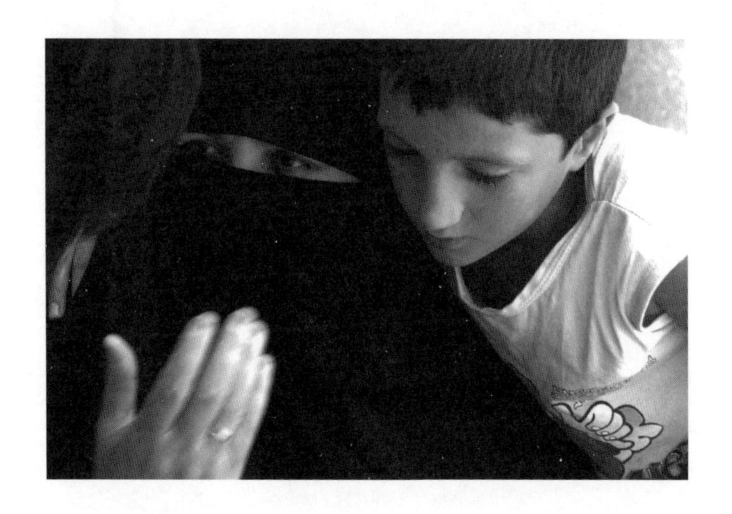

○

1820년대 유럽의 오페라 극장 2층 발코니 라인에는
극단에서 돈을 주고 고용한 박수부대가 있었답니다.
그들의 박수가 오페라를 훨씬 풍요롭게 만들었다고 하는군요.
〈아침마당〉에서 박수를 치는 방청객 어머니들.
그들의 직업은 2백 년 역사가 흐르는 문화의 산물입니다.
저는 그분들이 참 고맙습니다.

○

요리사가 되면 좋았겠다 싶을 만큼 뭔가를 만드는 창조적인 일은 큰 기쁨이 있습니다. 특히 먹는 것을 좋아하는 탐식가인 저로서는 그런 열망이 무척 강하답니다. 그런데 식재료를 고르고 사고 씻고 다듬는 그 과정이 참 버겁습니다.

그래서 저는 아나운서가 되었나 봅니다. PD가, 작가가, 기술감독이, 카메라 감독이 다 고르고 사고 씻고 다듬어주기에 한 상 차려진 요리를 맛깔스럽게 먹을 뿐입니다.

당신이 참 고맙습니다.

평소에 제대로 하지 못한 말, 당신이 참 고맙습니다.

○

어느 구름에 비 내릴지 모르고
어느 조개에 진주 나올지 모르는 것이 인생입니다.
힘들지 않는, 고통 없는 인생이 어디 있겠습니까?
오늘도 다른 이의 인생에서 지혜를 배우시죠.

초가삼간이라도 빚 없이 장만하려면,
쌀 서 말이라도 굴려서 보리 한 되라도 얻으려면,
경제를 알아야 합니다. 저희와 함께하시죠.

매일 아침 이런 말로 하루를 시작하면서 세상을 배웁니다.
여러분이 고맙습니다.

○

〈아침마당〉에서 출연자에게 지청구를 들은 적이 있습니다.

"솔직히 말해서 선생님의 여자 후배들의 이야기는 대부분 농담이지 않나요?"

농담 삼아 던진 질문에 출연자가 정색하고 나섰습니다.

"가만, 거슬리는 말이 있는데요. 솔직히 말해서라니, 다른 질문들은 솔직히 말하지 않았단 얘긴가요?"

가수 조영남 씨였습니다. 솔직히 저는 그 '솔직히 말해서'라는 말을 자주 씁니다. 질문의 순간적인 진정성을 높이기 위한 시도입니다. 아울러 꺼내기 힘든 질문이나 답변하기 곤란한 질문을 할 때 사용하기도 합니다. 농담처럼 주고받은 말이지만 내심 뜨끔했습니다. 거짓말은 아니지만 때론 정보의 가공이나 은폐를 시도하는 것이 사실 아닐까요?

○

당신이 지겨운 표정으로 서 있는 그곳은, 누군가가 그토록 서고 싶어했고 또 다른 누군가가 그토록 서고 싶어 지금도 밤잠 설치고 있는 바로 그 자리입니다. 매년 수천 명의 젊은이들이 방송국 로비에 잘 차려 입고 앉아 뉴스 원고를 읽고 있을 때마다 되새기는 말입니다.

열심히 하겠습니다.

○

말하기를 나의 삶의 지평에 초대하고 싶습니다.

말하기가 내 삶과 분리된 하나의 기술이라면 내 말은 여러 가지 한계가 있습니다.

말하기를 남에게 배우는 기술이나 일을 잘하기 위한 표현도구, 사람의 관심을 끌고 내 만족을 채우기 위한 취미가 아니라 삶을 구성하는 중요한 한 가지로 만들고 싶습니다.

단순히 초대받은 손님이 아니라 한 식구가 되었으면 좋겠습니다.

○

정상적인 범주의 지능을 가진 사람.

일반적으로 부담 없이 보이는 평범한 용모를 가진 사람.

지나치게 우수하거나 어딘가 모자라거나 예외적인 특성이 없는 사람.

일상에서 사람들과 잡담을 나누는 보통 사람.

나도 저 정도는 이야기할 수 있다고 느낄 정도로 튀지 않는 사람.

클루에트라는 사람이 말한 '진행자'의 자격 요건이랍니다.

보통의 지능과 평범한 외모와 일반적인 소양을 지닌 사람이 가장 강한 문화적 친화력을 가진 모양입니다.

제가 딱 그렇지 않습니까? 죄송합니다.

○

가끔 엄청난 성공을 거둔 사람의 이야기를 듣습니다.

대단하다 싶다가도 시간이 지나면 헛헛해집니다.

나는 뭔가, 싶기도 합니다.

기준치와 기대치가 높아져서 성공이 더 멀어 보입니다.

허탈감에 빠지거나 지레 포기하기도 합니다.

그래서 너무 자랑을 하시면 안 된다는 겁니다.

○

이혼, 외도, 장애, 사망.

웬만하면 이런 단어는 사용하지 않으려고 애씁니다.

이런저런 이유로 어쩔 수 없이 헤어지신 분, 한때 실수로 한 눈 파신 분, 몸이 불편하신 분, 세상을 떠나신 분…… 이렇게 말하면 누군가의 아픔이 좀 덜하지 않을까요?

물론 그 아픔을 대신할 수는 없지만요.

○

눈을 감으면 칠흑 같은 어둠이 찾아옵니다.

귀는 막아도 소리 진공이 되지 않습니다.

소리에는 빛이 주지 못하는 울림이 있습니다.

내 말에도 그 울림을 담습니다.

○

도박도, 알코올도, 게임도, 약물도, 중독은 용서할 수 없습니다. 이해할 수 있는 중독도 있습니다. 인정 중독.

인정받고 싶어하는 사람들의 금단 증상은 생각보다 힘들답니다. 안쓰럽기까지 하지요. 인정받기 원하시는 분들은 스스로를 먼저 인정해주십시오. 장하다고, 잘했다고, 이만 하면 됐다고. 자존감은 인정 중독증에 좋은 약입니다.

○

아침 생방송을 앞두고 긴장하는 출연자들에게 늘 하는 말이 있습니다.

"재미있게 놀다 가세요. 별 것 없어요. 그냥 저희와 차 한 잔 하시는 겁니다. 그냥 저희 보면서 이야기하시면 됩니다. 저희가 다 알아서 할게요."

진행자로서 먼저 그들의 마음을 사고 싶습니다.

○

지식이 쌓여야 성공하는 직업이 있고
연륜이 쌓여야 성공하는 직업이 있습니다.
후자는 기다려야 합니다.
말하기도 지식만큼 연륜이 필요합니다.

○

We Do Three Types of Jobs.

Good Job. Quick Job. Cheap Job.

You Can Have Any Two.

A Good & Quick Job won't be Cheap.

A Good & Cheap Job won't be Quick.

A Cheap & Quick Job won't be Good.

캐나다 밴쿠버 유학시절, 자주 가던 자동차 정비소에 붙은 공고문입니다. 고객의 요구는 속도, 가격, 품질입니다. 하지만 모든 고객을 만족시킬 수는 없습니다. 결국 싸고 빠른 수리는 잘 될 수 없고, 잘 고치고 빨리 하려면 비쌀 것이고, 잘 고치고 싸게 하려면 빨리 고칠 수 없다는 얘기입니다. 혹시 발생할 수 있는 고객의 불만에 대한 변명처럼 들리기도 합니다만 현명해 보이는 것은 사실입니다.

정보와 재미와 감동. 물론 스피치에 모두 들어 있으면 좋겠습니다. 하지만 욕심부리지 말고 하나는 포기해야겠습니다.

아니 한 가지라도 살리면 좋겠습니다.

○

그냥 말하지 않습니다. 비판하면서도 분개하지 않습니다.

즐기면서도 몰입하지 않습니다.

관심을 가지면서도 집착하지 않습니다.

이성적이면서도 따뜻한 시선을 유지합니다.

그냥 말하지 않습니다. 생각하면서 수위를 조절합니다.

당신을 그들에게 잘 소개하고 있습니다.

○

MC에게 가장 필요한 소양은 무엇입니까? 인문학적 소양입니다. 인문학 공부는 타인과 관계 맺기, 소통의 기술, 인간 삶의 기초를 가르쳐줍니다.

MC로서 어떤 사람이 되고 싶습니까?

『논어』에 군자삼변君子三變이라는 말이 있습니다.

멀리서 보면 엄숙해 보이고 가까이서 보면 따뜻해 보이고

가만히 들으면 말이 논리적인 사람이라는 뜻입니다.

엄숙함, 따뜻함, 논리성을 가진 MC가 되고 싶습니다.

아울러 깨끗함, 성실함, 한결같음도 염두에 두고 싶습니다.

MC 11

내 인생의 MC °

흔히 내 삶의 주인공이 되자고 외칩니다.
좋습니다. 내 삶의 주인공.
저는 내 삶의 MC가 되고 싶습니다.

인생은 영화라고, 드라마라고, 연극이라고 말해도
제게는 인생이 한 편의 프로그램입니다.
오프닝부터 클로징까지 인생의 기승전결이 프로그램으로 녹아납니다.

인생에는 그날의 출연자가 있습니다.

인생에는 내 삶을 보여주는 카메라 감독이 있습니다.
내 삶을 돕는 기술 스태프도 있고,
내 삶을 바라보는 방청객도 있습니다.
매일 함께하는 작가와 이야기 손님도 있습니다.
부모가, 친구가, 스승이, 동료가 출연자도, 스태프도, 방청객도 됩니다.

그런 인생에서 MC가 되고 싶습니다.
출연자의 이야기를 경청하여 지혜를 얻어내고
이야기 손님의 조언을 받아 삶을 윤기 있게 만들고
스태프들의 도움으로 안전한 삶을 꾸려가고 방청객들의 박수로 힘을 얻고 싶습니다.

혹시 당신의 인생을 출연자처럼 살고 있지는 않습니까?
방청객처럼 바라만 보고 있지는 않습니까?
진행자가 되어 삶을 이끌어 나가십시오.
물론 당신의 삶에는 원하는 출연자만 나오지 않습니다.
때로는 밉고 싫어도 방청객 앞에서는 잘 섬겨야 합니다.
참, 그리고 다른 사람의 삶에서는 방청객과 스태프의 역할을 충실히 감당합시다.

혹시 삶의 무게가 느껴질 때는 어떻게 하냐고요?

MC에게는 스튜디오 위 조정실에 PD가 있습니다.
무선 이어폰을 달고 그의 이야기를 듣습니다.
힘들고 어려울 때는 그에게 의지합니다.
인생에도 PD가 있습니다.
하나님이 계시고, 멘토가 있고, 인생 스승이 있습니다.
그분들을 의지하시면 됩니다.

이제 당신의 인생에 MC가 되십시오.
당신의 인생이 더욱 빛날 것입니다.
저도 그리하겠습니다.

청중

시간° 도시의 삶에 쉼이 없는 것은 시간이 없기 때문입니다. 사람들은 시간이 없다는 사실을 시계가 생기면서 알게 되었답니다. 스피치의 가장 큰 경쟁자는 시계입니다. 스피치는 청중을 사이에 두고 시간과 맞대결을 벌입니다. 청중이 시간의 유혹에 넘어가지 않도록, 시계에 관심을 빼앗기지 않도록 청중의 마음을 사로잡아야 합니다.

공유영역 ° 청중이 스피치를 들을 때 갖는 연사에 대한 바람직한 느낌은 상당한 정도의 전문성과 신선할 만큼의 낯섦에 있습니다. 독특하고 배타적이고 전문적이고 개념적인 언어가 생활 속 언어로 풀이될 때 청중은 신선함을 느낍니다. 아무리 학문적인 내용을 말한다 해도 스피치는 더이상 하나의 학문이 아닙니다. 하나의 활동으로서 연사와 청중의 화합을 위한 신선한 시도입니다. 스피치는 앎을 전달하기 위해 깨우침을 시작하는 과정일 뿐입니다.

따라서 말하기는 가르침의 대상이 아닙니다. 그나마 가르칠 수 있는 것은 다만 말하는 요령일 뿐입니다. 스피치에서 흐르는 지식에 대한 연사의 해석과 검증은 청중의 신념과 생활태도를 뒤흔듭니다. 이것이 청중을 낯설게 만드는 스피치의 신선한 매력입니다. 결국 스피치는 청중이 무엇을 모르는가를 말해주기 위해 존재합니다.

물론 청중 개개인의 지식 탐구의 갈증을 맥주 한 잔, 생수 한 모금처럼 해결해줄 수는 없습니다. 스피치는 기껏해야 청중이 무엇을 모르는지, 왜 모를 수밖에 없는지, 새로운 앎은 어느 지점에서 시작되어야 하는지를 말해줄 뿐입니다. 이것이 철학자 몽테뉴가 말하는 '내가 무엇을 아는가?'의 의미입니다.

사람과의 대화에서 흔히 빠지는 오류는 내 삶의 자리에서 보이는 상대방의 모습과 대화한다는 것입니다. 진정한 소통은 상대의 삶의 정황을 이해하는 데서 출발합니다. 일단 '바라봄'의 과정을 통해 그 사람을 탐색하고, '넘어가봄'의 과정을 통해 그 사람의 삶을 경험합니다. 물론 그 사람의 삶의 자리에 머물러 있으면 진정한 소통은 아닙니다. '되돌아옴'의 과정을 통해 상대의 삶의 정황을 나의 삶의 자리와 합치고 진정한 교집합 공간을 만들어 소통의 공유영역을 확보했으면 좋겠습니다.

스피치는 청중을 고유한 문화를 지닌 독특한 나라로 생각해야 합니다. 청중은 나와 전혀 다른 세상에서 살아온 외국인입니다. 그들이 살아온 나라에서는 나와 다른 인식과 나와 다른 감정과 나와 다른 평가가 이루어집니다. 그래서 나는 그들의 문화를 인정하지 않고는 그들이 나의 문화를 인정해주기를 기대하기 어렵습니다.

청중 3

즉흥° 여행지 속에 숨겨진 감동과 비밀을 찾는 것은 환희의 원천입니다. 배낭여행 중에 도시 구석구석, 골목이 주는 기쁨도 잘 알고 있습니다. 즉흥 스피치가 묘한 흥분을 가져오는 것처럼 즉흥 여행도 마찬가지입니다.

혼자 떠난 배낭여행. 기차역 혹은 공항에 내렸습니다. 한 10분 정도 주변을 잘 둘러봅니다. 만만한 여행객을 하나 고릅니다. 한 20미터 정도 떨어져서 미행하는 느낌으로 따라갑니다. 그의 숙소, 그의 식당. 그의 카메라가 머무는 곳에 내 일정을 위탁하는 것입니다. 물론 위험부담도 감수해야 합니다. 성공적인 선택이 되지 못할 경우 중간에서 대상을 교체하기도 합니다. 때로는 관광객들이 주로 찾는 곳이 번잡해서 싫을 때는 현지인을 고르면 식당만큼은 의외의 횡재를 합니다.

때로는 청중의 질문에 강의와 강연의 흐름을 맡기십시오. 저도 보통 청중의 질문으로 강의를 시작합니다. 지혜로운 청중의 질문은 강의를 좋은 길로 안내합니다.

청중 4

훌륭한 언어는 훌륭한 음악과 같습니다. 리듬이 있고 높낮이가 있고 음색과 강약이 있습니다. 연주회의 감동은 음악이 끝나고 청중의 마음에 울려 퍼지는 것처럼, 좋은 스피치는 강의가 끝난 후, 청중의 삶 속에서 시작되기 때문입니다.

말하기는 생각만큼 중요하지 않습니다. 많은 사람들이 표준어를 쓰지 않고 목소리가 좋지 않고 말솜씨가 없어도 매력적인 강사가 됩니다. 그들은 듣기 좋고 매력적인 마음의 표준어를 쓰기 때문입니다.

준비한 1백 퍼센트를 말하려 하지 마십시오. 83퍼센트가 적당합니다. 83퍼센트만 말해도 청중의 83퍼센트는 만족합니다.

모나리자의 미소가 그렇답니다. 아직 말하지 못한 17퍼센트가 내일을 약속합니다. 그래도 1백 퍼센트를 말하고 싶다면 미리 120.4퍼센트를 준비하십시오.

말하기 내용을 글로 적는 순간 아무리 구어체로 적어도 문어가 됩니다. 결국 외우거나 읽어야 한다는 강박관념이 말하기를 방해합니다. 말, 웬만하면 글로 만들지 마십시오.

너무 많은 준비를 하면 좋은 강의가 되기 힘들지 않을까요? 때로는 즉흥적인 강의가 특유의 활기를 불러옵니다. 인생도 준비가 지나치면 극본대로 살지 못합니다. 치밀한 스피치 준비는 스티브 잡스로 충분합니다.

모든 운동은 왜 하나의 공으로만 할까요? 두 개의 공으로 하는 운동은 관중이 집중할 수 없습니다. 스피치도 한 개의 주제로 진행하십시오. 당신을 위한 것이 아니라 청중을 위한 것입니다. 한 개의 공이 날아오면 어렵지 않게 받습니다. 여러 개의 공이 한꺼번에 날아오면 한 개도 받기 힘듭니다. 청중도 당신이 말한 여러 개의 메시지는 이해하기 힘들걸요.

가장 중요한 연주자는 청중입니다. 아무리 훌륭한 공연도 박수와 어우러지지 않으면 완성되지 않습니다. 청중의 박수와 환호는 연주자를 세우기도 하고 낮추기도 합니다. 당신의 강연의 고수는 청중의 호응입니다.

스피치 연습 이렇게 하십시오. 그림 스피치, 음악 스피치, 운동 스피치. 그림을 보고, 음악을 듣고, 움직임을 보고 그 느낌과 감정과 생각을 표현하십시오. 당신의 몸속에 숨어 있는 단어와 문장을 끄집어내십시오.

스피치에도 나이가 있습니다. 새로운 것에 도전하게 하는 열정적인 젊음이 느껴지는 스피치가 있습니다. 어떤 일도 묵묵히 처리할 것 같은 중년의 중후함이 느껴지는 스피치도 있습니다. 존재만으로도 편안한 노년의 완숙함이 느껴지는 스피치도 있습니다. 당신의 나이와 상관없는 당신의 스피치는 몇 살입니까?

마지막 인상은 첫인상보다 중요합니다. 그 사람에 대한 기억으로 오래 남으니까요. 원래 목록 끝에 있는 아이템의 기억 효과가 가장 오래 간답니다. 연말 연기대상은 하반기 작품에 돌아갈 가능성이 높습니다. 그래서 저는 오프닝보다 클로징에 더 힘을 주려고 합니다. 그런데 늘 바쁘게 끝나는 바람에 제대로 마무리를 못해 아쉽습니다. 인상적인 마무리를 할 수 있도록 시간을 충분히 확보하십시오. 단 스피치 시간은 맞춰주십시오. 1분을 넘기면 한 사람이 짜증나고 10분을 넘기면 열 사람이 짜증냅니다. 그냥 몇 마디 포기하더라도 딱 맞춰주십시오.

친필, 악필, 명필, 졸필, 심지어 컴퓨터 문서도 다양한 폰트로 글의 느낌을 전달합니다. 얼굴 표정은 스피치의 편지지이고, 목소리는 스피치의 글씨체입니다. 아름다운 목소리로 말의 느낌을 전달하십시오. 참, 목소리도 연습하면 어느 정도는 바꿀 수 있습니다.

할 말이 없다고요? 염려 마십시오. 당신의 스피치는 가장 가까운 경험과 가장 먼 지식 사이에서 시작됩니다. 그리고 그 이야기의 끝을 맺을 필요는 없습니다. 당신의 삶은 내일도 계속되니까요.

알은 스스로 깨면 생명이 되고 남이 깨면 요리가 된답니다. 스피치를 들은 청중이 스스로 알을 깨고 나오면 생명만큼 소중한 성장이 있습니다. 잠든 청중은 굳이 깨우지 마십시오. 깨어 있는 사람은 스쳐가는 사건에도 자극받고 지나가는 기회에도 동기부여를 받습니다. 청중이 깨어 있기를 바랄 뿐입니다.

강의 중에 잠시만 침묵해도 다른 것이 생각납니다. 청중들이 의아해하는 표정만 봐도 생각이 바뀝니다. 무심코 지켜보는 개미들도 바쁘게 일하고 있는 것이랍니다. 아무 생각 없이 앉아 있는 청중들도 정말 몰입해서 듣고 있는지도 모르겠습니다. 제발 그랬으면 좋겠습니다.

첫 10초는 다음 10분보다 중요하고 첫 열 마디는 다음 만 마디 말보다 힘이 있다고 엘머 휠러가 말했습니다. 이것이 무조건 'Strong Start'해야 하는 이유입니다.

어떤 연사도 자신의 생각의 틀을 넘어서는 스피치를 할 수는 없습니다. 하지만 청중의 상상을 넘어서는 스피치는 할 수 있습니다.

스피치를 입으로만 하면 연사가 청중의 눈치를 보게 됩니다. 마음으로 하면 청중이 연사를 따라옵니다. 일부러 만든 말은 웬만해서는 좋은 말이라는 소리를 듣기 힘듭니다. 삶 속에서, 책 속에서, 마음속에서 괜찮은 말을 발굴하십시오.

스피치는 등을 돌리고 노를 젓는 것과 같습니다. 어디로 가는지 모르는 사공은 누군가의 길 안내를 받습니다. 스피치도 청중의 반응을 따라가야 합니다. 읽기에 쉬운 글이 쓰기 어렵다는 헤밍웨이 말처럼 듣기에 쉬운 말하기도 무척 어렵습니다. 저, 이거 무지 어렵게 쓰고 있습니다.

청중 5

○

하나, 둘, 셋, 넷, 다섯. 네, 맞습니다.
5초면 충분합니다.
당신의 감정에 5초의 여유를 주십시오.
공포도, 긴장도, 후회도, 떨림도, 당황도 모두 사라집니다.
청중은 당신 편입니다.

○

청중은 두 가지로 반응합니다.
하나, 잘한다. 둘, 생각보다 잘한다.
그냥 청중의 생각만큼만 잘하면 됩니다.
청중의 기대치는 낮추고 만족감을 높이면 좋은 연주입니다.

○

훌륭한 연주회는 연주자와 청중이 열린 마음으로 소통합니다.
관객이 열리지 않으면 연주자는 청중 공포를 느끼고,
연주자가 열리지 않으면 청중은 지루해합니다.
어떻게 말해야 하는지 아시겠지요?

○

오케스트라 연주회에 가면 연주자들의 표정을 읽습니다.
연주자들은 악기로는 소리를 내고,
얼굴로는 마음을 보여줍니다.

○

좋은 작곡가는 피아니스트의 손가락을 배려합니다.
좋은 진행자는 출연자의 호흡을 배려합니다.
좋은 연사는 청중의 귀 울림을 배려합니다.

○

청중은 이기적입니다.
강의시간을 연사에게 기부하는 자원봉사자가 아닙니다.
당신의 청중에게 절대로 '비타민'을 주지 마십시오.
어떤 상황에도 '비난과 타박과 민망함'을 좋아하는 사람은 없습니다.

○

청중은 많은 것을 기억한다고 해도
정확히 기억하는 것은 하나도 없답니다.
셰익스피어가 강연을 많이 해서 깨닫게 된 걸까요?
강의를 많이 들어서 깨닫게 된 걸까요?

○

장거리 육상 선수들은 낭비 없는 동작으로 달려야 오래 간답니다. 긴 강연은 군더더기 없는 문장으로 달려야 청중이 지치지 않습니다.

○

"○○○을 아십니까? 어? 모르신다고요? 모르시는구나."

그 순간 당신은 청중을 무시하고 지적 우위를 점하셨습니다. 당연해 보여도 분명히 모르는 사람이 있습니다.

당신도 그렇습니다.

○

'참을 수 없는 존재의 가벼움'을 느끼는 스피치가 있습니다.

'느리게 산다는 것의 의미'를 알려주는 스피치도 있습니다.

'무엇이든 물어보세요'를 외치는 스피치도 있습니다.

'희망은 사람 사이로 흐른다'고 말하는 스피치도 있습니다.

'멈추면 비로소 보이는 것들'을 보여주는 스피치도 있습니다.

○

지혜 있는 자는 이런 투계鬪鷄를 고른답니다.

어깨에 힘을 빼고 눈에 독기를 빼야 한다지요.

누가 뭐래도 흔들리지 않도록 조급함을 빼야 한다더군요.

혹시 청중 앞에서 이야기하실 때 적용해보시겠습니까?

당신이 투계는 아니지만 지혜 있는 사람으로 보일 겁니다.

○

힘들 때는 억지로 웃지 않아도 됩니다.
슬플 때는 일부러 밝지 않아도 됩니다.
아무리 억지로 웃고 일부러 밝은 척해도
얼굴에 당신의 마음이 보입니다.
표정은 지금 마음입니다.

○

태초에 할 말이 있었습니다.
이 할 말이 청중과 함께 했으니
이 할 말은 곧 내 마음이었습니다.
이 할 말이 태어날 때부터 내 마음에 있었고,
이 할 말이 청중에게 들은 바 되었으니
이 할 말은 청중 없이는 아무 의미가 없었습니다.
나의 말하기는 청중이 있을 때 빛나는 것입니다.

○

표정 연기는 없다고 생각합니다.
표정은 마음이기 때문입니다.
연기자들이 그런 연기를 잘하는 것은
이미 그들의 마음이 그렇게 바뀌었기 때문입니다.
연기는 거짓이 아니라 마음입니다.

○

영화가 재미있는 이유는 주인공의 관점으로 인생을 살기 때문입니다.

여행이 좋은 이유는 현지인의 관점으로 그 땅을 살펴보기 때문입니다.

결국 좋은 스피치는 청중의 관점에서 말하는 스피치입니다.

○

여백 있는 책이 참 좋습니다.

여유 없는 글은 답답합니다.

당신의 말에 여백을 넣으십시오.

청중이 그 여백에 생각을 적을 것입니다.

너무 빼곡히 말하지 않았으면 좋겠습니다.

이 책에 여백이 많은 이유입니다.

○

말이 빠른 연사에게 집중하려면 인상적인 문장과 핵심단어를 찾으면서 듣습니다.

말이 느린 연사에게 집중하려면 다른 문장으로 바꾸어 말하면서 듣습니다.

강연에 집중하려면 듣는 얘기를 붓과 물감 삼아 그림을 그리면서 듣습니다.

○

사춘기 중학생들, 짜증부터 낸다지요. 중2병이라는 말도 생겼습니다. 정신건강에 관심이 필요하거나 집중관리가 필요한 아이들이 부쩍 늘었답니다. 더이상 누구나 겪는 사춘기는 아닌 모양입니다.

우울도 분노조절 장애도 다 어른들 책임 아니겠습니까? 그래서 무슨 말을 해 주고 싶은데…… 아이들이 도무지 듣지 않습니다.

중학생 청중은 아무리 많아도 한 명만 듣는다고 생각하십시오. 당신의 말이 그 아이의 인생을 바꿀 겁니다.

○

아무리 다독가라고 해도 세상에 존재하는 책의 극히 일부를 읽었을 뿐입니다.

독서는 장서 사이를 헤매는 것이 아니라 자신의 내면을 헤매는 행위라고 프랑스 문학교수 피에르 바야르가 말했습니다.

말하기는 청중 사이를 헤매는 것이 아니라 자신의 내면을 들여다보는 행위입니다.

○

소리를 시각화하십시오. 기억에 오래 남습니다.

'왜 저런 말을 할까?' 생각하면서 듣지 말고 '나는 무엇을 할까?' 생각하면서 들으십시오.

누구의 말이든 안 듣는 것보다는 낫다는 생각으로 배울 점을 찾아내십시오.

○

시간은 우리 영혼을 만드는 재료랍니다.

청중의 시간은 요리 재료입니다.

청중이 영혼을 만들 수 있는 요리를 대접하고 싶습니다.

○

당신의 강연 중에 진짜 당신의 생각은 얼마나 되겠습니까?

남의 말을 조금씩 바꾸고 짜깁기한 것이지요.

그러고 보면 당신은 꽤 괜찮은 편곡자입니다.

참, 이 책도 마찬가지입니다.

그래서 완벽하게 쓰려고 하지 않고 재미있게 쓰려고 노력했습니다. 이 말은 누가 한 말일까요? 알아맞혀 보세요.

말하는 사람의 속도를 따라 문장을 반복하며 듣습니다.
말하는 사람의 어록을 만듭니다.
말하는 사람의 언어습관을 찾습니다.
말하는 사람의 표정과 몸짓을 봅니다.
말하는 사람의 마음과 생각을 읽습니다.
그리고 내가 무엇을 할까 생각합니다.
당신은 좋은 청중입니다.

격려

○

그날 그에겐 이런 꿈이 있었습니다.

어느 날 모든 계곡이 높이 솟아오르고
모든 언덕과 산은 낮아지고
거친 곳은 평평해지고
굽은 곳은 곧게 펴지고
하나님의 영광이 나타나
모든 사람들이 함께 그 광경을 지켜보는 꿈입니다.

1963년 8월 23일 마틴 루터킹은 워싱턴 평화행진에서 그렇게 말했습니다.

그 꿈은 저에게 이렇게 말합니다.

어느 날 모든 계곡이 높은 언덕과 산을 부러워하지 않으며
모든 언덕과 산은 낮은 계곡을 무시하지 않고
거친 곳은 거친 모습 그대로
굽은 곳은 굽은 모습 그대로
하나님의 쓰임새가 드러나
모든 사람들이 함께 온전한 모습으로 서는 꿈입니다.

2009년 11월 21일 북경에서 청소년 유학생 강연을 마치고 든 생각입니다.

○

아흔아홉 가지를 잘하고 하나를 그르치면 욕을 먹습니다.

아흔아홉 가지를 못해도 하나를 잘 하면 그래도 점수가 올라갑니다.

지금까지의 삶과 상관없이 지금 하고 있는 하나를 잘하기 위해 노력하십시다.

○

한 우물을 파온 사람들을 인터뷰할 때가 있습니다.
'한 우물을 파다', 말처럼 쉽지는 않습니다.
파고, 파고, 또 팝니다.
좀 팠다 싶었는데 바위가 나옵니다.
바위를 드러내고 파고, 파고, 또 팝니다.
됐다 싶었는데 암반이 버티고 있습니다.
넓게 파서 암반을 드러냈습니다.
파고, 파고, 또 파니 흙탕물이 고이기 시작합니다.
이제 더 파고 보니 기다리던 우물물이 나왔습니다.
포기하고 싶은 마음을 열두 번쯤 잠재워야
한 우물을 판다는 소리를 들을 수 있습니다.
참, 대단한 사람들입니다.
혹시 지금 바위에 걸려 지치셨다면 물 한 잔 드시고 힘내십시오.
그 물은 그냥 물이 아닙니다.
누군가 참고 견디며 파낸 결과랍니다.

○

믿음은 의심과 확신 사이에 있는 어느 지점입니다.
감정의 파도가 요동칠 때마다
그 점은 오른쪽과 왼쪽을 바쁘게 오고 갑니다.

○

'어린 시절 꿈을 이룬 사람을 존경하라'는 말이 있습니다.

어린 시절 꿈을 이루고 싶습니다.

아나운서 입사 시험 최종 면접에서 마지막으로 면접관에게 드린 말씀입니다. 물론 그 말은 남의 명언이 아니라 제가 만든 말이었습니다. 그 사실을 밝히지 않음으로써 말의 가치를 높였을 뿐입니다.

○

힘든 상황에 처한 사람들은 최선을 다하기보다 상황을 벗어나려고 애씁니다. 막상 벗어나고 나면 최선을 다하지 못한 것을 후회합니다.

저도 논문 좀 더 잘 쓸 걸 그랬습니다.

○

누군가 생활신조를 물었습니다.

'적당히 살자'라고 대답했습니다.

게으른 사람으로 평가하시더군요.

'적당하다'의 뜻은 '꼭 알맞게'입니다.

넘치지도 모자라지도 않게 적당히 수위 조절하며 살고 싶습니다. 세상에 욕심이 넘치는 것은 수위 조절에 실패하기 때문입니다.

○

아기가 '엄마'를 '아빠'보다 먼저 부르는 것은 .
엄마는 아팠고, 아빠는 기다렸기 때문입니다.
엄마는 고통을 체험했고, 아빠는 인내를 경험했습니다.
고통과 인내는 그 열매가 말해줍니다.

○

영향력의 절대지존은 모범입니다.
올바른 길을 따르는 것만한 가르침은 없습니다.
당신이 걷는 길을 돌아보십시오.
지금 누가 따라오고 있습니까?

○

저는 리더Leader가 되지 않겠습니다.
팔로워Follower에 머물지도 않겠습니다.
당신과 함께 하는 위드어Wither가 되겠습니다.

○

이제 윗물을 핑계 대는 것은 옛 이야기입니다.
윗물이 더러우면 걷어버리십시오.
윗물이 더럽다고 아랫물을 포기해서는 안 됩니다.
아랫물이라도 깨끗해야 물고기가 삽니다.

○

누군가 잠잘 틈도 없이 바쁘다는 것은 그 사람이 내 손이 했어야 하는 일을 대신하고 있기 때문입니다.

○

아픈 친구의 병문안을 가면서 혹시 이 병이 옮지 않을까 걱정하는 것이 간사한 사람의 마음입니다.
일본 지진을 보면서 우리는 괜찮을까를 염려합니다.
당신의 걱정의 진심은 누구에게 더 많이 있습니까?

○

밥 먹을 때마다 손을 들어서 보라고 하더군요.

내가 먹은 음식이 8백cc 크기의 손 하나만한 위에 다 들어갈 수 있을지…….

먹은 것보다 조금만 더 움직이면 살이 찌지는 않습니다.

말한 것보다 조금만 더 들으면 세상이 당신을 다르게 봅니다.

○

"행복해지기 위하여 어린아이에게 더 기다리라고, 노인에게 이미 지나갔다고, 노예에게 이제 포기하라고 말해서는 안 된다. 누구나 지금 그 자리에서 함께 행복해야 한다"고 에피쿠로스가 말했습니다.

당신 앞에 앉아 있는 사람도 지금 행복해야 합니다.

그러니까 지금 사랑한다고 말하십시오.

○

겪어보지 못한 것은 생각할 수 없습니다.

생각하지 않은 것을 꿈꾸지는 못합니다.

꿈꾸지 않은 것은 말할 수 없습니다.

경험은 꿈을 낳습니다.

○

시간은 흘러가는 것이 아닙니다.

당신이 바라는 그때를 위해 채워지고 있는 것입니다.

말도 흘러가지 않습니다.

누군가의 마음에 그대로 쌓여가고 있습니다.

○

인간에게는 세 가지 선택밖에 없다지요.

도망치거나 방관하거나 부딪혀보는 것이랍니다.

누군가 앞에서 말을 해야 하는 상황이라면 그냥 부딪혀보시지요. 도망치거나 방관하는 것보다는

그날 밤에 편히 주무실 수 있을 겁니다.

○

아쉽게도, 원하던 것을 손에 넣었을 때 느끼는 행복감은 그리 길지 않습니다.

고맙게도, 원하는 것을 이루지 못했을 때 느끼는 불행도 조금 더 길 뿐입니다.

다만 새로운 행복과 또 다른 불행이 기다리고 있다는 것을 모를 뿐입니다.

아들이 가져온 우수한 성적표의 기쁨은 하루 가고,

못 본 시험 성적의 분노는 사흘 갑니다.

○

성찰은 체험을 생각하는 것입니다.
점수는 옆 사람이 아닌 지난 달과 비교하기 위한 것입니다.

○

젊은 시절에는 걸을 때 그다지 조심하지 않지만
어르신들은 걸을 때 무척 조심합니다.
마음의 길도 어르신들만 조심하는지도 모르겠습니다.
바쁜 걸음 잠시 멈추고 뒤를 돌아볼 때
내 뒤를 따라오던 행복이 잡힌다는 것을 알기 때문입니다.

○

사람들은 관계를 맺을 때 자기 관심 분야부터 봅니다.
안과 의사는 눈을 보고, 치과 의사는 이를 봅니다.
우리는 사람입니다. 사람을 봅시다.

○

고기는 신문지로 포장해도 고기이고
쓰레기는 명품상자에 넣어도 쓰레기입니다.
따뜻함을 차가움으로 포장한 사람을 미워하지 말고
차가움을 따뜻함으로 포장한 사람에 속지 마십시오.
결국 포장지는 벗겨집니다.

○

보이지 않는 존재, 만날 수 없는 사람을 인터뷰하십시오.
먼저 질문하고 그분의 답변을 스스로 생각하십시오.
그분을 좋아하고 그분을 따른다면
그분이 당신에게 주는 답변이 마음에 떠오를 겁니다.
이제 그대로 움직이시면 됩니다.
그분이 당신의 '생각 멘토'입니다.

○

1989년 해외여행 자유화 이후 세계 50여 나라를 여행했습니다. 〈도전 지구탐험대〉〈세상은 넓다〉 등 여행 프로그램을 진행하는 행운과 열정, 캐나다 유학이라는 무모한 도전이 나와 가족을 낯선 곳으로 데려갔습니다. 여행을 좋아하는 이유는 여행지가 주는 낯선 느낌이 좋기 때문입니다. 낯선 느낌은 나를 새롭게 하고 일상에서는 떠오르지 않는 새로운 생각을 가져다줍니다. 짧은 여행이 끝나고 다시 일상으로 돌아오면 그 일상은 또 다른 낯선 모습입니다. 여행이 삶의 활력으로 다가오는 이유입니다.

비단 여행뿐이겠습니까? 낯선 책, 낯선 사람, 낯선 강연, 낯선 골목길조차도 내 삶의 뿌리에 자양분을 만들어줄 경험을 제공합니다. 내가 사는 틀 안에, 내가 읽은 책, 내가 만난 사람들, 내가 좋아하는 강연에 나를 가두지 말고 찾지 못한 새로운 가능성을 찾기 위해 낯선 곳을 두려워하지 마십시오. 낯선 경험은 나를 새롭게 만듭니다.

○

캐나다 밴쿠버 스탠리파크에는 특별한 나무가 있습니다. 엄청난 크기의 아름드리나무지만 여느 나무와 다른 점이 있습니다. 바로 속이 비어 있다는 것입니다. 나무줄기가 텅 빈 그 나무 앞에는 큰 팻말이 있습니다. '속이 빈 나무Hollow Tree'라는 이름이 아름드리나무를 바라보는 관광객들을 웃음 짓게 합니다. 혹시 나도 이런 모습으로 서 있지 않나 돌아봅니다. 사람의 언어는 속이 비었는지 가득 찼는지 잘 알려주기 때문입니다.

○

천재소년 송유근이 초롱초롱한 눈을 굴리며 말했습니다.

"의사를 의사 선생님이라고 부를 때는 '제 병을 고쳐주세요'라는 뜻이 숨어 있습니다. 장군님이라고 부를 때는 '잘 싸워 이겨주세요'라는 뜻이 포함돼 있습니다. 마찬가지로 저를 천재로 부르실 때는 '내가 못다 한 공부를 열심히 해주세요'라는 뜻이 포함돼 있다고 봅니다."

당신은 뭐라고 불립니까? 그런데 그 친구는 그 나이에 어떻게 그런 걸 알았을까요?

천재의 스승은 천재일 필요는 없습니다. 천재에게 무엇이 필요한지만 알면 됩니다. 천재소년 송유근은 방송 중에도 MC들을 관찰하는 것처럼 보였습니다.

○

인생 강의실은 하버드대학의 강의실 버금갑니다.

삶의 순간을 메모하지 않는 것은 하버드대학의 명강의를 필기하지 않는 것과 같습니다.

이 책도 제 수첩에서 나온 것입니다.

○

캐나다에서 공부할 때 샌드위치 집에서 아르바이트를 했습니다. 밤에 혼자 문 닫는 근무를 주로 했습니다. 문 닫을 때 손님이 들어오면 좀 힘이 듭니다. 그래도 최대한 친절하게 하려고 노력합니다. 문 닫을 무렵에는 재료가 떨어질 때가 있습니다.

"토핑 다 넣은 샌드위치 부탁합니다."

"손님 죄송합니다만 양파가 떨어졌는데 괜찮으시겠습니까?"

한참 가만히 고민하던 손님은 아무 말 없이 입구로 가 샌드위치 집 전단지를 가져왔습니다.

"Everyday Fresh, Everything You Want, 이 말이 틀린 건가요?"

"아, 네, 손님, 잠시만 기다려 주십시오."

나는 냉장고를 열어 새 양파를 까기 시작했습니다. 말이 남긴 약속 앞에서는 무너질 수밖에 없었습니다.

○

약속은 또 다른 모양의 족쇄입니다. 미리 앞서가지 마십시오. 약속을 안 하는 사람이 약속을 어기는 사람보다 높이 평가받습니다. 약속은 관계의 약이 되기도 하지만 속박이 되기도 합니다.

○

홍수에서 인류를 구한 방주를 만든 노아는 비를 한 번도 본 적이 없었답니다.

영국에서 우산을 처음 발명하여 쓴 사람은 사람들의 비웃음을 견뎌야 했습니다.

처음 하는 일은 다 그렇습니다.

○

나는 매일 멋진 거짓말을 합니다.

마음을 그대로 전했다가는 큰일나기 때문입니다.

거짓말은 마음속 깊이 있는 또 다른 마음의 진실입니다.

배려 말입니다.

인생

인생 1

첫 기억° 당신 인생의 첫 기억은 무엇입니까? 아니 언제입니까?

1967년 7월에 태어난 저의 첫 기억은 1971년 12월 25일 아침입니다. 어머니는 고기양념을 하십니다. 아버지는 음식을 가방에 넣습니다. 그 순간 전화를 받은 어머니는 기절하셨습니다. 아버지는 어머니를 흔들어 깨우고, 어디론가 전화를 하고……. 그날 흑백 텔레비전에서는 불타는 건물이 나옵니다. 대연각 호텔 화재, 사람이 뛰어내리고, 창문에서 손을 흔들고, 사다리가 올라가고……

저의 첫 기억 영상의 전부입니다. 엄마가 쓰러지고, 아빠는 당황하고, 불이 나고.

어머니는 대연각 호텔에서 미용실을 운영하셨습니다. 그날은 미장원 누나들의 야유회. 누나들은 크리스마스 이브를 맞이하여 미장원에서 밤을 지냈습니다. 미장원에 모여 있던 누나들은 참변을 당하고 세상을 떠나기도 했습니다.

어머니는 모든 것이 당신 탓이라며 미용 일을 그만두셨습니다. 그 후로도 그 아픔은 어머니 마음에 넓게 자리하고 있었던 모양입니다. 어머니는 화재가 난 9년 후 암에 걸리셨습니다.

당신의 아픔은 당신 잘못이 아닙니다.

이 기억이 제게 그토록 강렬한 이유는 어머니의 아픔이 그만큼 컸기 때문입니다.

무의식

불장난하면 그날 밤 오줌을 싼다지요? 맞더군요. 그랬더랬습니다.

여섯 살, 어느 겨울. 동네 형들과 구석방에서 놀고 있었습니다. 무얼 했던 걸까요? 불이 났습니다. 형들은 도망가고, 저도 집을 나왔습니다.

얼마나 지났을까요? 어둑해지자 겁이 덜컥 난 저는 집으로 돌아왔습니다. 몰래 현장을 방문해 보니 방바닥이 온통 시커멨습니다. 큰 불은 아니었던 모양입니다. 어느 어른이 발 빠르게 행동했던 모양이죠. 집 나갔다 돌아온 저는 크게 혼난 기억은 없습니다. 하지만 밤사이 오줌 싼 기억은 선명합니다. 아마도 어린 무의식은 스스로에게 벌을 주는 모양입니다.

문득 그날 밤 아버지와 어머니의 대화내용이 궁금해집니다.

인생 3

열등감 ° 어린 시절 저는 열등감 덩어리였습니다. 게다가 근심 덩어리였습니다.

열등감 하나, 키가 크다는 것이었습니다. 대단히 죄송합니다. 다른 친구들보다 머리 하나 올라가 있는 큰 키는 모자라서 2, 3년 쉰 아이처럼 보일 수도 있으니까요. 얼른 고학년이 되어야지, 중학생이 되어야지 하는 마음으로 자랐습니다.

열등감 둘, 어머니가 미인이시고, 아버지가 미남이시라는 것이었습니다. 정말 죄송합니다. 그런데 아니, 어떻게 저런 엄마, 아빠에게서 이런 아들이 나왔을까? 제 마음을 후벼 팝니다. 이모들과 엄마는 열한 살 때까지 제 코를 잡아당기고 눈썹에 침을 묻혔습니다. 제 얼굴은 만들어진 얼굴입니다.

열등감 셋, 노래를 못한다는 것이었습니다. 이건 열등감답

죠? 대한민국에서 노래 못하는 어린이는 참 힘듭니다. 노래 못하는 어른도 이렇게까지 힘든 줄 그때는 미처 몰랐습니다.

근심 하나, 결혼을 못할까 봐 걱정이었습니다. 저 결혼해서 아들 낳고 잘 살고 있습니다.

근심 둘, 운전을 못할까 걱정이었습니다. 저 운전해서 캐나다와 미국 서부 일주까지 했습니다.

근심 셋, 대머리가 일찍 될까 봐 걱정이었습니다. 가발 전문가 엄용수 씨의 증언에 의하면 앞으로 10년은 걱정 없답니다.

저의 열등감과 근심, 걱정 우스우시죠?

당신의 것도 크게 다르지 않습니다.

인생 4

원칙 ° 초등학교 4학년, 저는 반장이었습니다. 그때는 학기 초에 가정방문이 있었습니다. 담임선생님은 가정방문 때마다 반장을 데리고 다니셨습니다. 부자 동네에 사는 그다지 넉넉하지 못했던 반장을 말입니다. 맛있는 음식을 주시는 친구 어머니들이 좋았습니다. 그분들은 선생님께 뭔가를 내미셨습니다. 그때마다 선생님은 늘 도로 밀쳐내셨습니다.

"아이도 보는데요, 뭘. 받은 걸로 하겠습니다."

그때는 몰랐습니다. 그 선생님이 얼마나 훌륭하신 분이라는 것을.

나 혼자서 내 원칙을 지킬 자신이 없다면, 누군가를 데리고 다니십시오. 누구라도 좋습니다.

짝꿍° 초등학교 6학년 짝꿍이 선명하게 기억납니다. 눈 나쁜 키 큰 소년이 넷째 줄에 앉게 돼 얻은 짝입니다. 그 짝은 붙어 있는 2인용 나무 책상에 금을 그었습니다. 그때는 다들 그랬더랬습니다. 제 지우개가 넘어갔습니다. 규칙을 어긴 건 저였지만 큰소리는 제가 쳤더랬습니다. 짝이 일기장을 꺼내 적었습니다. 짝의 소심한 복수였습니다.

다음날, 제 일기장에 담임선생님의 빨간 글씨가 적혀 있었습니다.

"짝꿍하고 친하게 지내세요."

저도 일기장에 적었습니다. 나름대로 억울함을 토했습니다. 물론 그 다툼은 끝나지 않았습니다. 우리는 그냥 그렇게 지냈습니다. 지금 생각하니 우습습니다.

그 일기장이 아직도 집에 있습니다. 그 짝꿍도 여전히 같은 집에 살고 있습니다. 우리는 만난 지 34년 된 부부입니다.

인생 6

엄마 ° 중학교 1학년 어느 토요일. 친구들과 백화점에 여배우 사진을 사러 가기로 했습니다.

아버지가 눈물을 흘리며 저를 잡았습니다.

"아무래도 엄마가 이제 떠날 것 같구나."

엄마는 간암을 앓고 있었습니다. 담석증 오진으로 잘못된 수술을 하고 나서야 암인 줄 알았습니다. 그랬던 엄마가 괜찮아진다고 했었습니다. 그런데…… 그런데…… 그 엄마가 이제 떠나신답니다. 뭘 해야 할지 몰랐습니다. 시간은 그냥 흘렀습니다.

이틀 뒤, 월요일 밤. 지친 제가 방에서 깜빡 졸았나 봅니다. 이모가 제 손을 잡고 울며 엄마 방으로 들어갔습니다. 엄마는 달랐습니다. 이모가 엄마의 눈을 감기고 엄마의 입을 다물어드리라고 했습니다. 아빠도 눈물로 고개를 끄덕였습니다. 그리고는 이모가 울면서 말했습니다.

"나한테는 이제 진짜 엄마가 없는 거잖아."

이모도 외할머니가 일찍 돌아가시고 언니를 엄마 삼아 사셨던 모양입니다. 그날 이모에게도 엄마가 없어지는 거였습니다.

그런 거였습니다. 이제 제게는 엄마가 없는 거였습니다. 하지만 그때는 몰랐습니다. 어른이 되면 세상을 떠난 엄마와도 눈을 감으면 대화할 수 있다는 것을. ✎

감기° 엄마의 장례식이 끝나고 분명 버스에 탔는데 기억이 없습니다. 그 다음 장면은 안방에 누워 있는 제 다리를 아버지가 주무르시는 모습입니다. 그때 아버지는 기침을 심하게 하셨습니다. 그 아버지의 손이 어찌나 애처로웠는지요. 그 후론 별 기억이 없습니다.

한 달 후쯤 이모가 말했습니다.

"너, 왜 엄마 돌아가시기 직전에 엄마 방에 안 들어갔니? 엄마가 섭섭해하던데."

그때 저는 감기에 걸렸었습니다. 그래서 엄마가 옮을까 봐 들어갈 수 없었습니다. 하지만 이모에게 이 말을 할 수 없었습니다. 그 이후로 감기만 걸리면 엄마 생각이 납니다. 엄마는 이제 알고 있을 겁니다. 제가 이모에게 말하지 않은 사실을.

인생 8

회한 ° 엄마가 돌아가시고, 아버지와 아들의 생활이 시작됐습니다. 엄마 없는 아들 소리가 듣기 싫으셨던 아버지는 저를 엄하게 키우셨습니다. 달력에 표시해 보니 한 달에 열두 번쯤 혼났더군요.

그래도 압니다. 그 아버지가 저를 사랑하셨다는 것을. 반대하시던 봉사활동을 떠나는 아들을 위해 새벽 네 시부터 일어나 아침은 먹고 가야 한다며 칼질하시던 아버지셨으니까요. 하지만 아버지도, 말이 없었습니다. 서로 표현을 하지 않았습니다.

그 아버지가 10년 후 중풍병자가 되실 줄 알았더라면, 그 아버지가 15년 후에 세상을 떠나실 줄 알았더라면, 이 아들은 그러지 않았을 겁니다. 이 아들은 절대로 그러지 않았을 겁니다.

인생 9

용광로 ° 엄마가 돌아가시고, 3년 후쯤 저는 옆자리 친구에게 옮아 간염을 심하게 앓습니다. 6개월은 학교생활도 제대로 못했습니다. 간염 앓은 외아들의 외로움은 심해졌습니다.

허리가 심하게 아프시던 아빠의 사업이 부도가 났습니다. 외아들은 힘든 아빠를 위로할 수 없었습니다. 더 힘들었기 때문입니다. 결국 열여덟 살에 아주 작은 집으로 이사를 갔습니다. 어린 시절, 열여덟 살에 대궐 같은 집으로 이사 간다던, 엄마가 봤다던 점집 아저씨의 말은 틀렸던 걸까요? 엄마의 위로였을까요?

그때부터 소주병은 불구덩이 속으로 들어갔습니다. 뜨거운 불 속에 녹으며 유리공예가의 손에 들려졌습니다. 유리 공예가는 소주병을 납작하게 만들었습니다.

10년 후, 소주병은 납작하고 뜨거운 냄비 받침대로 새롭게 거듭났습니다. 청소년기에 남들보다 조금 일찍 들어간 인생의 용광로에서 저는 새로운 모습으로 빚어지고 있었습니다.

인생 10

연습° 그래도 교회에 열심히 다녔습니다. 학생회 총무를 3년을 했습니다. 그때 학생회 총무는 예배 후에 광고를 했었습니다. 나는 매 주일 10분씩 주어지는 스피치를 최선을 다해서 했습니다. 3년 간 일주일에 한 번씩 잡은 마이크는 먼 훗날 아나운서가 된 청소년의 무대 적응 훈련이었습니다.

대학시절, 맹학교 자원봉사를 했습니다. 앞이 안 보이는 아이에게 수학과 과학을 가르쳤습니다. 그림을 설명하고 도표를 읽어주고 풀이과정을 말로 바꿨습니다. 어떻게 하면 쉽고 선명하게 말할까 고민했습니다. 맹학교 식당에서 마주 앉은 어린 소녀와의 시간은 먼 훗날 아나운서가 된 대학생의 표현력 연습 시간이었습니다.

성경통독 수련회. 「창세기」부터 「계시록」까지 소리내어 읽는 통독사로 일했습니다. 성경 역사에 나타난 그 옛날 어려운 지명과 사람 이름은 먼 훗날 아나운서가 된 젊은이의 발음 연습이었습니다.

매년 여름, 시골에 있는 어르신들을 만났습니다. 이런저런 이야기를 들으면서 주물러드린 그분들의 발은 먼 훗날 아나운서가 된 청년의 마음 읽기 연습이었습니다. ✏

인생 11

응원 ° 미국 유학시절, 새벽 두 시. 전화벨이 울렸습니다. 생전 먼저 전화 걸어본 적이 없던 아버지였습니다.

"재원아, 니가 들어와서 장례식을 치르고 가야겠다."

전화는 끊겼습니다. 다시 걸어도 소용이 없었습니다. 친구들과 사촌형님들께 전화를 드리고 짐 챙겨 아내와 함께 공항으로 향했습니다.

20시간 후, 병원에서 만난 아버지는 눈물로 아들을 맞이하는 중풍환자였습니다. 그렇게 병원생활이 시작되었고, 어느 날 아버지 병실을 지키다 본 KBS 아나운서 모집 광고와 아내가 받아온 입사지원서가 계기가 되어 병원 침대 옆에서 시험공부가 시작됐습니다. 늦은 밤, 병원 복도 벤치는 훌륭한 독서실이었습니다. 6인실 다른 보호자들은 텔레비전 채널 선택권을 저에게 주었습니다.

환자도, 보호자도, 간호사도, 의사도, 청소 아주머니도 저를 응원해주었습니다. 그런 많은 분들의 응원에 힘입어 저는 아나운서가 됐습니다. 아버지는 소리 나지 않는 통곡으로 가장 큰 기쁨을 표현하셨습니다. 제 직업은 아버지의 피 값으로 산 귀한 것입니다. 아버지는 그 후로도 6년 동안 누워 계셨습니다. ✐

인생 12

감사° 아버지는 집에 줄곧 누워 계셨습니다. 텔레비전은 아버지의 좋은 친구였습니다. 텔레비전 안에 당신의 아들이 있기 때문입니다. 아들이 보이면 여지없이 소리 없는 눈물을 쏟으셨습니다. 이 세상 아픈 아버지들의 마음을 아는 아들은 늘 이렇게 말했습니다.

"오늘도 감사합니다. 늘 건강하세요."

'건강하세요'가 어법에 틀리다는 것을 알고 있었지만 어쩔 수 없었습니다. 침대에 누워 계신 이 땅의 많은 아버지들이 생각났기 때문입니다.

광야의 아들 °

콩 씨네 자녀교육

광야로
내보낸 자식은
콩나무가 되었고.

온실로
들여보낸 자식은
콩나물이 되었고.

아들을 키우면서 정채봉 시인의 이 시에 많이 공감했습니다. 지금의 혹독한 교육제도도 아들아이에게는 광야다 싶습니다. 하지만 부모의 죽음이야말로 가장 혹독한 광야겠지요. 부모 잃은 아이들이 광야를 잘 견뎌 콩나무가 되기를 기도합니다.

어머니가 간암을 앓다 돌아가신 건 중 1때였습니다. 지금 지나고 보면 어머니의 빈자리가 저를 철들게 했습니다. 〈우정의 무대〉에서 "저 뒤에 계신 분이 우리 어머니십니다"를 외치는 장병들 속에서 훗날 하늘나라에 갔을 때 어머니를 당당하게 찾으리라 다짐하며 눈물지었습니다.

부모가 내보낸 광야의 깊은 뜻을 자식이 헤아리듯, 하나님이 내보내신 광야의 속뜻을 다시금 헤아려 봅니다. 이제 그 마음 다잡고 어린 나이에 부모 잃은 아이들의 마음을 위로합니다. 저도 이제 보니 그 시절 '한 부모 가정'의 '사회적 배려 대상자'였다는 것을 최근에야 알았습니다.

참, '한 부모'의 '한'은 '꽉 찬, 꽉 채운'이라는 뜻으로 지어졌답니다. 한 분으로도 두 분의 부모 역할을 다 한다는 뜻이랍니다. 저의 아버지도 진짜 한 부모였습니다.

인생 14

부모 마음 ° 아들의 중학교 졸업식, 끝나고 반별로 작은 이벤트가 있었습니다. 아이들이 저마다 부모님께 편지를 써 읽어주었습니다. 무뚝뚝하기만 하던 우리 아들도 몇 줄 썼던 모양입니다. 그냥 그랬던 서너 줄이 지나고 한 줄이 마음에 박혔습니다.

"아빠, 엄마, 저를 믿고 끝까지 지지해주셔서 감사합니다."

눈물이 왈칵해서 얼른 훔쳤습니다. '아, 이 아이가 알고 있었구나' 싶었습니다. 그 말 한마디가 그렇게 고마울 수가 없었습니다. 갑자기 담임선생님이 저를 불러 한마디를 시켰습니다.

"축하합니다. 여러분. 여러분은 지금 1백 미터 달리기를 하고 있습니다. 이제 겨우 16미터를 지나고 있습니다. 앞서 있는 친구가 보이고 뒤에 있는 친구는 보이지 않을 겁니다. 하지만 관중석에서 보면 16미터를 지나는 여러분은 한 줄로 가고 있습니다. 염려 마십시오. 이제 시작입니다. 자만하지도 말고 좌절하지도 마십시오. 아직 84미터나 남아 있기 때문입니다."

박수는 부모님들이 더 크게 치셨습니다. 부모 마음은 모두 같습니다.

인생 15

꿈° 기욤 뮈소의 책, 『당신 거기 있어줄래요?』를 읽었습니다. 신비의 명약으로 30년 전으로 돌아가 젊은 자신과 대화하더군요. 저도 20년 전으로 돌아가봤습니다. 젊은 저는 미국 유학 중이었습니다. 불투명한 미래를 걱정하며 회계학을 공부하고 있었습니다. 젊은 저에게 이야기했습니다. 너무 힘들어하지 말라고. 앞으로 하게 될 일은 이 일이 아니라고. 어린 시절 꿈을 다시 돌이키라고. 아나운서가 될 것이며, 〈아침마당〉을 진행할 것이라고.

젊은 저는 믿지 못하는 눈치였습니다. 하지만 그 순간에 최선을 다하라고 말하고 돌아왔습니다.

아마 앞으로 20년 후에도 같을 것입니다. 20년 후에 저는 지금은 도저히 생각할 수 없는 그런 일을 하고 있을 겁니다. 분명 그 일은 제 꿈의 한 조각일 것입니다. 그러고 보면 꿈을 한 조각 한 조각 차곡차곡 잘 모아놓을 일입니다.

마음

마음

○

표정으로 말하는 사람이 있습니다.
손짓으로 말하는 사람이 있습니다.
눈빛으로 말하는 사람이 있습니다.
말하지 않아도 들리는 사람이 있습니다.
하지만 마음으로 말하는 사람은 많지 않습니다.

○

마음은 뇌에 있습니까? 심장에 있습니까?
이성적인 사람은 뇌에, 감성적인 사람은 심장에 있는 건가요?
물론 저도 잘 모릅니다.
정신과 의사도, 심장전문의도 모르시더군요.

○

누군가를 의지하면 쉽게 해결되는 일을 두고 우리는 버틸 때가 있습니다.

실은 그 누군가가 우리의 버팀목일 수 있음을 잊고 삽니다.

○

누군가를 만나지 못하는 것은 찾지 않았기 때문입니다.

누군가와 헤어지는 것은 포기했기 때문입니다.

찾으면 마음으로 먼저 들어오고

포기하지 않으면 마음에는 남아 있습니다.

○

누구의 인생이든 실수는 있습니다.

실수는 인정하지 않고 방치할 때 실패로 갑니다.

항상 눈을 크게 뜨고 내가 저지른 실수를 찾으십시오.

그 녀석은 금방 실패로 가버립니다.

○

가장 투자하기 힘든 것은 마음입니다.

그 다음이 시간, 그리고 돈입니다.

마음을 온전히 투자하면 주변이 감동하고 급기야 하늘이 움직입니다.

○

약속은 순간의 동작이 아니라 지속가능한 상태입니다.
두 사람의 행위의 결과가 아니라 관계의 지속입니다.

○

나에 대한 진정한 평가는 나 한 사람 덕분에 주변에 어떤 변화가 있느냐, 입니다.
나 한 사람으로 인해 공동체가 죽을 수도 살아날 수도
혹은 아무 변화가 없을 수도 있습니다. 평가는 변화입니다.

○

잘못된 생각과 의도는 돌이키더라도 나쁜 씨앗이 되어
한 구석에서 엉뚱한 열매를 맺습니다.

○

어린 시절의 기억은 언어능력이 생긴 다음부터 저장된답니다. 형성 당시 언어로 표현 가능한 기억들이 쉽게 언어로 회상됩니다. 언어능력 이전의 정서적 기억은 몸이 먼저 반응합니다. 말을 할 줄 알든 못하든 아이들은 때리지 않았으면 좋겠습니다.

○

가진 것이 없을 때는 하늘의 은혜를 구하다가
받은 것이 넘칠 때는 주어진 힘 위에 교만이 싹틉니다.
교만의 싹을 자를 수 있는 것은 초심과 겸손뿐입니다.
주위에서 경고가 들어온다면 그 교만은 이미 나무가 됐다는 증거입니다.

○

너무 빨리 용서하지 마십시오.
용서가 아닌 망각일까 염려됩니다.
용서의 아픔을 충분히 곱씹고 죄의 아픔도 뼈저리게 느껴야 용서가 은혜가 됩니다.

○

마음을 말하지 말고 마음을 움직이십시오.
그것이 마음을 말하는 연습입니다.

○

많은 일들이 순조롭게 이루어지는 것은 누군가가 준비해놓았기 때문입니다.
누군가가 돕는 손길을 느끼는 사람은 일하기에 앞서 먼저 감사로 겸손해집니다.

○

진실을 조롱하는 사람들은 결국 자신들이 조롱받으리라는 것을 알지 못합니다.

사람들의 조롱에도 불구하고 진실을 따르는 사람들은 진실의 열매를 선물로 받습니다.

○

내놓음은 나의 것의 남음을 가져오는 것이 아니라
부족함과 모자람을 나눠주는 축복 유도 행위입니다.

○

공동체 형통亨通의 근본은 한마음입니다.
각기 다른 마음을 통합하려고 하지 말고 화합하려고 하십시오.
무지개가 아름다운 것은 일곱 빛깔이 어우러지기 때문입니다.
비빔밥은 열 가지 음식이 아니라 한 가지 음식입니다.

○

마음은 경험의 지배를 받습니다.
마음을 말로 표현할 때 내 행동을 지배할 수 있습니다.

○

내 삶의 열매는 행위의 결과보다 관계의 결과가 만듭니다.
삶의 나무에는 '나' 만큼 수많은 '너' 도 중요한 거름이 됩니다.

○

사람들의 관심은 내가 꿈을 이루어가는 과정에 있습니다.
하지만 나의 관심은 언제 꿈이 이루어지느냐에 있습니다.
나는 정답만 맞추려 하지만 사람들은 풀이과정도 채점합니다.

○

인정받고 싶은 욕구는 내가 먼저 인정할 때 충족됩니다.
먼저 인정하는 관용이 없으면 인정받기 쉽지 않습니다.
관용의 마음은 모든 능력을 빛나게 만들기 때문입니다.

○

절망 가운데 일어난 반전이 기적입니다.
절망의 낭떠러지에는 희망의 들꽃이 있었습니다.
기적은 나의 팔 힘이 다 빠졌을 때 일어납니다.

○

소원은 성취되는 순간보다
마음에 품고 기다리는 과정에서 느끼는 행복이 더 큽니다.

○

내가 보여주고 싶은 모습과 사람들이 보는 내 모습은 다를 때가 많습니다.

당신의 진짜 마음은 무엇입니까?

결국 나는 세 가지 모습을 갖고 있습니다.

○

다른 사람을 낮추는 예화나 나를 높이는 예화.

다른 공동체를 비하하는 예화나 내가 속한 공동체를 칭찬하는 예화는 웬만하면 피하십시오.

나의 실수와 남의 칭찬이 좋은 예화입니다.

○

부모가 자녀에게 줄 수 있는 가장 큰 행복은
부모 스스로 행복한 것입니다.

당신이 아이의 행복을 방해하고 있습니다.

○

누군가 나를 좋아하는 것은 내가 완벽해서입니까?

나를 사랑하기 때문입니까?

완벽한 마음을 보이지 말고 사랑받을 만한 마음을 보여주십시오.

○

쇼는 끝을 위한 것이 아니라 순간을 위한 것입니다.

하지만 마음을 보여주는 것은 순간을 넘어서 얼마나 오래 가느냐의 문제입니다.

○

다른 사람과 나를 비교했을 때 내가 낫다고 생각하면 비판하게 됩니다.

비판하지 않으려면 내가 그보다 낮다고 여기십시오.

○

자기 인식도, 경험도, 학습도 내 마음을 전부 보여주지는 못합니다.

세 가지가 한 바퀴에서 굴러갈 때 합쳐진 동그라미가 바로 내 마음입니다.

○

고맙다는 말을 못하는 사람을 벌주려고 하지 마십시오.

고마움을 모르는 마음으로 이미 큰 벌을 받고 있기 때문입니다.

○

드라마 〈학교 2013〉에서 핸드폰 도둑으로 몰린 박흥수와 친구 고남순의 대화입니다.

고남순 : 네가 한 거 아니잖아.

박흥수 : 내가 그동안 막 살았잖아.

만약 누군가에게 오해를 받는다면 그동안의 삶을 돌아보십시오.

그리고 마음으로 말하십시오. 내가 아니라고.

○

예전 드라마는 선과 악의 대결이었습니다.

요즘 드라마는 악과 차악의 대결입니다.

덜 나쁜 악이 좀더 나쁜 악에게 지다 이깁니다.

그렇습니다. 1백 퍼센트 악도 없고 1백 퍼센트 선도 없습니다.

내 마음도 늘 51대 49의 다툼입니다.

그래도 조금 더 선하게 보였으면 좋겠습니다.

○

과거를 기억하고 미래를 기대하며

지금, 기도하는 마음을 가지면

내 삶에 기적이 펼쳐집니다.

이 세 가지가 마음이 하는 일입니다.

○

사람이 받아들이는 모든 정보는
그 사람의 경험과 인식과 가치관에 의해 편집됩니다.
당신의 말은 이미 상대방이 5초 만에 편집했습니다.

○

다른 사람의 부정적인 언행이 나와 누군가에게 영향을 미치지 못하도록 철저히 객관화하십시오.
그냥 구경만 하시고 받아들이지는 마십시오.

○

항상 당신의 마음을 감시하십시오.
욕심과 분노와 시기와 잡념과 방황이 어디로 움직이는지 살펴보십시오.
움직임만 알고 있어도 밖으로 나갈 확률은 현저하게 낮아집니다.

○

마음의 움직임과 움직임에서 나오는 언어,
언어가 만든 몸의 움직임,
그것을 듣고 바라보는 다른 사람의 시선.
이 네 가지가 어긋나면 마음이 불편해집니다.

○

힘들고 어려울 때 그래도 웬만하면 시도해볼 만한 일.
마음 챙기기, 생각 다잡기, 말 아끼기.
마음과 생각과 말만 나란히 만들어도 삶은 안정됩니다.

○

우리는 흔히 환경에 의해 자신의 행복 점수를 매깁니다.
환경이 마음을 지배하게 하지 말고 마음으로 환경을 장악하십시오.
환경에 구애받지 않고 마음의 평온을 유지하는 것이 진정한 행복입니다.
그래서 행복이 어렵다는 겁니다.

○

상상이 전부입니다.
우리는 상상을 통해 다가올 삶을 미리 볼 수 있습니다. 아인슈타인이 그랬던 것처럼.
상상력은 세상을 지배할 수 있습니다. 나폴레옹이 그랬던 것처럼.
지난 밤 상상 속 인터뷰가 아침에 현실로 바뀝니다.
상상은 전부가 되고 싶어합니다.

○

입 밖으로 나온 선포는 내 안에 있는 행복을 완성시키는 행위다. _C. S. 루이스

그 비밀을 어떻게 알았을까요?

마음은 말로 바꿔놓아야 다른 사람이 볼 수 있는 실체가 된다는 것을.

○

순간의 겸손은 순간의 평안을 가져옵니다.

영원한 평안은 영원한 겸손이 필요합니다.

○

이해는 가슴과 마음이 만들고,

오해는 머리와 생각이 만듭니다.

○

다른 사람의 자존감은 내가 무너뜨릴 수 있는 권한 바깥에 있습니다.

자존감을 지켜주는 것은 상대방을 위한 최소한의 배려입니다.

자존감은 영역별로 점수가 다릅니다.

과락이 생기지 않도록 모든 영역의 자존감을 지켜주십시오.

○

마음에 시계가 있습니다.
마음 시계는 태엽이 필요합니다.
말하기는 마음 시계의 태엽입니다.
말하고 나면 마음 시계가 흘러갑니다.

마음 시계가 멈춰 있다면 지금 말하십시오.
당신의 마음이 보입니다.

믿음

○

하나님, 저에게 왜 가시를 주셨습니까?
아니다. 난 가시에게 장미를 주었다.
아! 그러고 보니 저도 가시였군요.
저에게 장미를 주셔서 감사합니다.

○

하나님이 덮으시는 허물을 들추려하지 말고
하나님이 드러내신 잘못을 더 비난하지 마십시오.
판단하는 이도 벌주는 이도 내가 아닙니다.
나도 만만치 않은 흠투성이입니다.
아무리 그래도 못 참겠네요.
그냥 아내에게 그 사람 흉만 조금 보겠습니다.

○

평안은 고통의 순간이 찾아올 때
과거형으로 인식하기 쉽습니다.
평안을 평안의 순간에 자각할 수 있을 때
하나님의 손길을 느끼게 됩니다.

○

내 생각이 기도라면 한시도 딴 생각을 할 수 없습니다.
내 말이 찬양이라면 한마디도 헛말을 뱉을 수 없습니다.
내 삶이 예배라면 한 순간도 그냥 있을 수 없습니다.
내 말은 이미 내 것이 아닙니다.

○

이른 아침 하나님과 함께한 시간을
그날 하루 사람과의 시간으로 확장하십시오.

○

야망과 소명의 차이는 결국 끝에 가서 누가 영광을 받느냐의 문제입니다.

예배냐 공부냐 삶을 이분화하지 말고 공부를 예배의 차원으로 승화시키십시오.

○

우리 인생 공사의 가장 든든한 기초 토대는 내가 받은 약속의 말씀입니다.

문제는 인생 공사가 평생 끝나지 않는다는 것입니다.

○

하나의 고리만 풀리면 모든 문제가 술술 풀립니다.

하나의 고리는 하나님을 찾는 마음입니다

줄 꼬인 목걸이, 열쇠는 당신 마음에 있습니다.

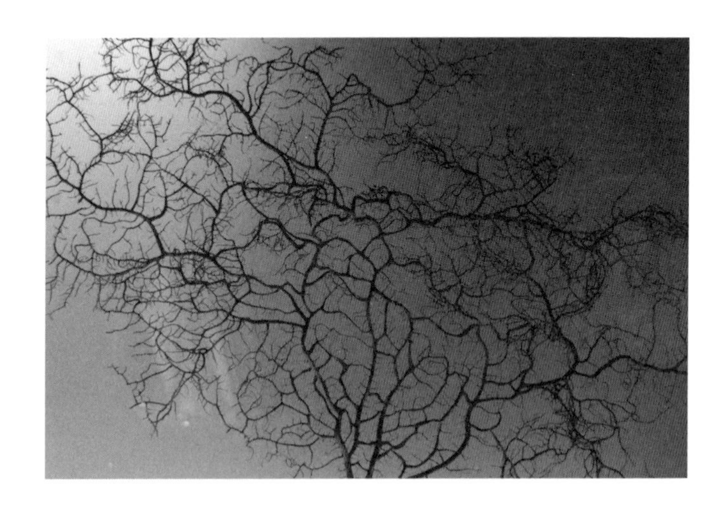

○

하나님은 돌이키지 않은 사람도 결코 포기하지 아니하시고 끝까지 기다리며 회개의 기회를 주시는 분입니다.

○

하나님은 비록 흠이 있더라도 바른 길을 걷고자 하는 사람을 도우시고 강하게 하십니다.

○

하나님이 나를 통해 이루시는 일들의 많은 부분은 나를 주체가 아닌 도구로 사용하신 경우입니다.

○

위기를 기도로 이겨내고 감사로 답하면 하늘은 기회로 돌려줍니다.

○

성경의 교리 가운데 가장 실천하기 어려운 것은 순종입니다.
사람의 욕망, 비뚤어진 가치관, 자기 길을 가고자 하는 욕심이 방해하기 때문입니다.

○

때를 벗기기 위해 옷을 벗고 최소한의 옷을 입은 누군가 앞에 누워 있으면 생의 마지막을 넘어서 누워 있는 기분입니다.

육신의 때를 구석구석 벗겨주는 세신사 앞에서 눈을 감으면 누군가 내 영혼의 때도 벗겨주었으면 하는 바람이 생깁니다.

나는 그분 앞에 빈 마음으로 나가 내 영혼의 때를 밀립니다. 설교자의 설교는 영혼의 때를 벗깁니다.

○

때로는 하나님을 이해할 수 없습니다.

하지만 하나님이 나의 이성을 뛰어넘는 분이기에 나의 하나님이 될 수 있습니다.

내가 모두 이해한다면 그는 더이상 나의 신이 아닙니다.

○

전쟁에 임한 용사는 명령에 따라 자신이 서 있는 위치에서 싸울 뿐입니다.

삶의 전쟁에서 꼭 필요한 가치는 신뢰, 순종, 최선이라는 하늘의 명령입니다.

○

내가 의지할 하나님을 원래대로 찾는 것이 아니라
하나님께서 당신을 의지할 나를 찾고 계십니다.

○

아브라함의 언어는 순종이었습니다.
요셉의 언어는 인내였고, 모세의 언어는 온유였습니다.
다윗의 언어는 회개였고, 바울의 언어는 열정이었습니다.
당신의 언어는 무엇입니까?
저의 언어는 기대와 감사였으면 좋겠습니다.
우리와 소통하시는 하나님이 참 고맙습니다.

마음 말하기 연습

1판 1쇄 발행 2013년 4월 11일
1판 4쇄 발행 2015년 2월 16일

지은이 | 김재원
펴낸이 | 김이금

펴낸곳 | 도서출판 푸르메
등록 | 2006년 3월 22일(제318-2006-33호)
주소 | 445-825 경기도 화성시 향남읍 행정중앙2로 64, 1103동 1103호(제일오투그란데)
전화 | 02-334-4285~6
팩스 | 02-334-4284
E-mail | prume88@hanmail.net
인쇄 · 제본 | 한영문화사

ISBN 978-89-92650-82-3 03810

* 이 도서의 국립중앙도서관 출판시도서목록(CIP)은 서지정보유통지원시스템 홈페이지(http://seoji.nl.go.kr)와 국가자료공동목록시스템(http://www.nl.go.kr/kolisnet)에서 이용하실 수 있습니다.
(CIP제어번호: CIP2013001800)